Hesperiden

Victor Blüthgens Märchen für jung und alt

Nachdenkliche Märchen

Bibliografische Information der Deutschen National-bibliothek. Die Deutsche Nationalbibliothek verzeichnet diese Publikation in der Deutschen Nationalbibliografie; detaillierte bibliografische Daten sind im Internet über http://dnb.d-nb.de abrufbar.

Hesperiden
Victor Blüthgens Märchen für jung und alt
Nachdenkliche Märchen
Neufassung und Digitalisierung von Peter M. Frey

Copyright © 2017 Peter M. Frey
Herstellung und Verlag
BoD - Books on Demand, Norderstedt
ISBN 9783741283208

Nachdenkliche Märchen.

Der junge Schmetterling. 5

Der Heidegeist. 15

Die Hochzeitsreise. 25

Die Spinnenprinzessin. 35

Die Schneckenpost. 48

Der Brautspiegel. 60

Immerhöher. 78

Allerseelen-Nacht. 86

Der Tautropfen. 92

Die Kunstpuppe. 99

Der Totengräber. 112

Der Ring des Bildhauers. 120

Der Abendfriede. 131

Venezia. 137

Die drei Brillen. 146

Der Ostwind. 162

Das Kind mit dem Kätzchen. 183

Der einsame Vogel. 187

Der junge Schmetterling.

»Knack!«, sagte die Schmetterlingspuppe, die an einer Staude von Wiesenschaumkraut hing, und da sprang sie auf. Die Puppe war schon sehr hübsch, zart grün und mit einem Schimmer von Gold überzogen, aber der Schmetterling, der nun herauskroch, war noch hübscher. Er hatte zwar bloß ganz, ganz kleine Dingerchen von Flügeln, die wie Läppchen hingen, aber sie sahen doch schon braunrot aus mit schwarzen Tupfen und einem zackigen schwarz- und blaustreifigen Rand, und als er so recht von Grund aus Atem holte, da konnte er merken, dass die Flügel zusammengefaltet waren, denn jetzt dehnten sie sich und wurden zuletzt ein Paar richtige Schmetterlingsflügel. Eine Weile saß der Schmetterling noch, denn er fühlte sich sehr matt. Endlich aber konnte er fliegen.

Das erste Mal flog er aus Angst. Er war nämlich in einem Garten ausgekrochen, in dem zwei Kinder spielten, ein Junge und ein Mädchen. Diese kamen an der Wiesenschaumkrautstaude vorbei, und da sah ihn plötzlich das kleine Mädchen und blieb stehen. »Pst!«, machte es und zog den Jungen am Kittel, indem es auf den Schmetterling zeigte. »Sieh nur, das ist der allerschönste Schmetterling, den es gibt.«

»Ah bah!«, sagte der Junge, »es ist ja ein Fuchs, es gibt sehr viele kleine Füchse.«

»Dann ist er gewiss der allerallerschönste kleine Fuchs, der in der Welt ist, das kannst du mir glauben«, sprach das kleine Mädchen, und nun spitzte es die Finger und kam auf den Zehen ganz leise über das Gras geschlichen. Aber das kleine Mädchen hatte einen Schatten, und der Schatten kam vor ihm zum Schmetterling.

»Es wird mit einem mal so kalt«, dachte dieser, »so kalt und so dunkel.«

Und nun kam die Angst über ihn, und ehe er recht wusste, was er tat, schwebte er über die Wiese hin.

Große und kleine Blumen sahen zum ihm herauf und sprachen: »Bleibe!« Aber der Schmetterling wollte fliegen, das gefiel ihm doch noch besser als die Blumen, und er flog bis er müde war. Um den Garten lief ein Plankenzaun, und an einer Stelle dicht bei diesem Zaun wuchsen große Nesselbüsche. Dort setzte er sich zuletzt.

»Ich wäre gern geblieben, als das artige Ding zu mir kam, das mich so wunderschön fand«, dachte der Schmetterling. »Die Blumen fanden mich gewiss auch schön, sonst hätten sie mich nicht bleiben heißen; aber sie wollten mir das nicht gleich so ins Gesicht sagen.«

Es schwirrte hinter ihm, und als er sich umsah, gewahrte er fünf Schmetterlinge auf einmal, welche Haschen spielten. »Heda!«, rief es unter ihnen, »dort sitzt einer von der Familie. Das muss der Jüngste sein.« Und alle fünf flogen herunter und setzten sich zu dem neu Ausgeschlüpften.

»Wo kommst du her?«, fragte einer.

»Von dort drüben«, antwortete der junge Schmetterling.

»Du musst uns den Ort zeigen; dort stehen ja gar keine Nesseln. Wir wollen zusammen hinfliegen.«

Und sie flogen über die Wiese zu dem Wiesenschaumkraut, an dem noch die Puppenhülse hing.

»Sehr merkwürdig«, meinten die fünf Schmetterlinge. »Und er ist doch ein richtiger Fuchs. Wie kann man nur so weit kriechen, um sich einzupuppen! Es ist etwas ganz Besonderes.«

»Ja, ich bin etwas ganz Besonderes«, sagte der junge Schmetterling. »Ein kleines Mädchen hat gesagt, ich wäre der allerallerschönste kleine Fuchs, der auf der Welt wäre; und ich glaube das auch, denn alle Blumen auf der Wiese luden mich ein, bei ihnen zu bleiben.«

»Oha!«, lachten die fünf Schmetterlinge, »dieser Fratz hält sich für den schönsten Fuchs auf der Welt! Das müssen wir weiter erzählen. Alles muss kommen und dieses Wunder von einem Fuchs sehen!« Und sie flogen fort, bis auf einen, der schon alt sein musste, wenigstens hatten seine Flügel an manchen Stellen keine Farbe mehr und waren auch ein wenig zerrissen.

»Du bist wirklich schön«, sprach er, »schön darum, weil du jung bist. Aber du darfst nicht zeigen, dass du es weißt, und du musst dich ein wenig vor denen hüten, die es dir sagen.«

Fort war er, und der kleine Schmetterling dachte ein Weilchen nach. »Jetzt weiß ich es«, sagte er endlich: »Er war bloß neidisch, weil er schon alt und hässlich war. Es ist so süß, wenn man bewundert wird, noch viel angenehmer als wenn man fliegt, und ich liebe die Leute, die mich bewundern.«

Und der Schmetterling schwang sich auf und schwebte die Wiese auf und nieder, um sich von den anderen Faltern besehen zu lassen. Aber die Weißlinge, Augenfalter und was noch da war, kümmerten sich nicht um ihn; eigentlich war es schade, denn es waren ein paar hübsche himmelblaue Augenfalter darunter: Mit denen hätte er gern Freundschaft geschlossen.

Er dachte an die Blumen, die ihn eingeladen hatten, und ließ sich auf eine große Skabiose hinunter. Er sagte dieser etwas Artiges über ihr Aussehen, und dann hielt er inne, in der Erwartung, dass sie nun von ihm zu sprechen anfangen würde. Aber sie sagte bloß, es täte ihr leid, dass er zu spät käme, sie hätte für den Augenblick allen Honig vergeben; und als der Schmetterling fragte, ob sie ihn denn vorhin wegen des Honigs gerufen hätte, meinte die Skabiose verwundert: »Ja, warum denn sonst?«

»Dann kann ich ja wieder fliegen«, sprach der Schmetterling empfindlich. Aber er blieb doch noch sitzen, denn es kam ein anderer Schmetterling auf ihn zugeflattert. Das war wieder ein Fuchs, ein richtiger Nesselfuchs. Der schwebte ein Weilchen in seiner Nähe herum, und dann kam er auch auf die Skabiose. Er war gewiss auch noch jung, denn er war schüchtern. Aber endlich fing er an zu reden.

»Wie reizend du bist«, sagte er. »Darf ich mit dir fliegen? Ich möchte immer da sein, wo du bist.«

»Du bist sehr artig«, antwortete der erste und legte die Flügel zierlich auseinander. »Du darfst mich betrachten so viel du willst und auch ein wenig unterhalten. Es ist doch schade, dass man sich nicht selbst betrachten kann. Ich möchte gern sehen, wie schön ich eigentlich bin.«

»Es geht«, sprach der andere, »sehr gut geht es, komm nur mit mir.«

Und sie flogen zu einer glatten Kugel; angesichts eines Hauses mit einer Veranda stand sie auf einem zarten Gestell von Eisen im Kies. Der ganze Garten spiegelte sich in ihr und je näher man kam, desto größer erblickte man sich. Die Schmetterlinge flatterten um die spiegelnde Kugel, und das eitle kleine Geschöpf wiegte sich und drehte sich; es gefiel sich gar zu sehr. »Wie froh kann ich sein, dass ich kein Kohlweißling geworden bin!«, sagte es, indem es sich dicht unter die Kugel setzte und nach oben blickte, von wo ihm das braunrote Kleidchen mit den schwarz und blauen gezackten Kanten entgegen strahlte. Es sah nicht einmal das kleine Mädchen, das die Verandatreppe herniederstieg. Aber der andere Schmetterling sah es. »Nimm dich in Acht!«, rief er ängstlich, »es kommt jemand, der dich anfassen wird!«

»Ach«, antwortete der Erste, »das ist ja das kleine Mädchen wieder, das mich so sehr liebt.«

Und das kleine Mädchen kam zu Kugel und sagte: »Jetzt werde ich ein Affe«, und damit hielt es die Nase so dicht wie möglich zur Kugel hinauf. »Hu, wie grässlich«, lachte es. Mit einem Mal erblickte sie den Schmetterling.

»Gusti, Gusti, der Fuchs, ich glaube, es ist wieder der Schöne von vorhin!«

Und der Schmetterling flog auf und schwebte neckend um ihren Lockenkopf und um das ausgestreckte Händchen, und plötzlich setzte er sich auf ihren Finger. Das kleine Mädchen machte große, entzückte Augen; ganz leise ging es zur Treppe und die Treppe hinauf in die Veranda.

»Seht nur, seht nur, wie reizend!«

In der Veranda saß eine ganze Gesellschaft, und alle sagten: »Das ist wirklich reizend, das haben wir noch nie gesehen.«

Draußen flatterte der andere Schmetterling angstvoll um das Laub des wilden Weines, aber der, welcher drinnen war, hatte gar keine Angst. »Wie sie hingerissen sind«, dachte er, und das Herzchen klopfte ihm vor Stolz. »Es ist unbeschreiblich süß, so gefeiert zu werden. Sie sehen auf nichts weiter als auf mich.« Er schlug das Flügelkleidchen weit auseinander und kroch auf dem Finger auf und nieder; er flog dem Vater auf die Hand und der Mutter auf den Strickstrumpf, und er nippte von dem Honig, der auf den Kaffeetisch getropft war. Dann kehrte er wieder zu dem kleinen Mädchen zurück.

»Bei mir ist er am liebsten«, sagte das kleine Mädchen und nahm die andere Hand und streichelte ganz leise mit den Fingerchen über den Flügel. »Ach, das ist lustig: Wie er abfärbt! Meine Fingerspitze sieht schon ganz wie der Flügel aus, und der Flügel wird so durchsichtig, als ob er aus Glas wäre.«

Als der Schmetterling aus der Veranda flog, saß der Gespiele ganz traurig im Laub. »Du Armer!«, sprach er. »Du scheinst nicht zu wissen, dass die Schönheit so vergänglich ist, und dass man sich nicht darf angreifen lassen. Es ist gefährlich, sich bewundern zu lassen.«

»Aber süß!«, sagte der junge Schmetterling. »Ich kenne nichts Süßeres; es ist noch süßer als Honig.« Und er sah mit glänzenden Augen über den Garten. »Komm mit mir«, meinte er dann.

»Wohin willst du fliegen?«, fragte er andere.

»Hinaus«, sprach jener. »Über den Zaun, in die Welt!«

»Ach, dort wohnen so viele Leute; willst du zu allen gehen, die dich schön finden?«

»Ja«, sagte der junge Schmetterling. »Gefeiert und bewundert will ich werden; ich kann nicht anders.«

»Ich will dich immer feiern und bewundern«, sprach der zweite Schmetterling. »Ist dir das nicht genug? Du bist schon nicht mehr so schön wie du warst und du wirst rasch ganz hässlich werden in der Welt.«

»Du meinst es gut, aber *ein* Bewunderer ist zu wenig; es wird langweilig; in der Laube da drinnen wurde es mir zuletzt langweilig. Adieu, mein Freund!«

Und der junge Schmetterling flog über den Garten und über den Plankenzaun hinaus in die Welt.

Ein paar Tage nachher saß ein altes Bettelweib neben dem Plankenzaun draußen im Graben und kaute an einem Stück Brot. Ein Schmetterling kam vom Acker herübergeflattert, sog an ein paar Blumen, und wie er das

Bettelweib erblickte, flog er ihm auf die Hand. Er sah jämmerlich aus; von den Flügelrändern war hie und da etwas abgezupft, und die Flügel zeigten fast gar keine Farbe mehr, nur da, wo sie an den Leib gewachsen waren, glänzte ein herrliches Fleckchen braunrot.

»Das ist ein armes Vieh«, sprach das Bettelweib, »der hat auch schon was durchgemacht im Leben. Ja ja, Schönheit vergeht und das Schminken hilft auch nicht lange.« Und sie sah mit ihren alten, roten Augen vor sich hin, als ob allerlei vergessene Bilder und Erinnerungen vor ihnen aufstiegen. Manchmal lachte sie, und dann machte sie wieder ein blödes, trauriges Gesicht. Sie vergaß ganz das Brot und den Schmetterling. Endlich dachte sie doch wieder an beides und warf den Schmetterling von der Hand in das Gras. »Fort, du Gräuel«, schrie sie dahinter, und nun biss sie wieder in das Brot.

Es war der arme junge Schmetterling, den sie in das Gras geschleudert hatte, derselbe, der einst so schön gewesen war.

Er flog aus dem Gras empor und über den Plankenzaun in den Garten. Die Blumen blühten noch auf der Wiese, und sie riefen ihn wie einst, aber das war ihm jetzt gleichgültig. Die flatternden Schmetterlinge aber sahen jetzt auch auf ihn, nicht bloß ein paar von seiner Art, sondern selbst die Weißlinge und Augenfalter. »Puh, wie der aussieht!«, hörte er sagen. Die Nesselfüchse flogen ihm aus dem Weg, und den einen erkannte er: es war der Nämliche, der ihn an die Kugel geführt hatte.

»Kennst du mich nicht mehr?«, fragte er ihn, als er vorüberstrich. Aber er bekam keine Antwort.

»Ob ich nur wirklich so hässlich bin?«, dachte der junge Schmetterling. Die spiegelnde Kugel war ihm eingefallen und er suchte sie auf. Eine Weile saß er still unter der Kugel, und endlich sagte er: »Es ist wahr, ich habe mich sehr verändert.« Er zitterte am ganzen Leib, so erschrocken war er. Aber plötzlich rief er: »Ich will schön sein, und ich will schön sein! Wenn ich nur wüsste, wie das zu machen wäre.«

Er hörte in der Veranda die Stimme des Jungen und des Mädchens, und er flog ohne Besinnen hinein. Da saß er auf dem Tisch vor dem kleinen Mädchen, und das schlug die Hände zusammen und rief: »Gusti, ein Schmetterling, der ganz ohne Farbe ist und gerade so zahm, wie unser Fuchs war!«

»Er ist auch einmal ein Fuchs gewesen«, sprach Gusti. »Wir wollen ihn viel schöner machen als er gewesen ist nämlich mit Farben von Papas Palette. Er soll eine ganz neue Schmetterlingsart werden, die es noch gar nicht gibt. Sieh, ob du ihn fangen kannst.«

Wie gern er sich fangen ließ! Er konnte die Zeit gar nicht erwarten, bis Gusti geholt hatte, was er brauchte. Der Junge brachte auch eine Schere mit; zuerst klappte er dem Schmetterling die Flügel zusammen und schnitt die Ränder schön zackig aus, und dann malte er bunte Pünktchen auf.

»Nun flieg!«, sagte der Junge.

Und der junge Schmetterling flog; es ging auch, aber schwer und langsam. Wie entzückend er jetzt in der Kugel aussah! Er begab sich gleich auf die Wiese, und alles dort sagte: »Ah!«, und die Blumen machten die Augen auf, so weit sie konnten. Endlich setzte er sich, und die anderen Schmetterlinge setzten sich um ihn herum und bewunderten ihn. Bloß ein alter Fuchs sagte gar nichts: Aber er flog zu ihm auf die nämliche Blume und besah ihn genau.

»Ich habe es gleich gedacht«, meinte er, »es ist nicht Natur, alles bloß geschminkt. Ein anständiger Schmetterling hält nichts von geschminkten Personen.« Und die anderen Schmetterlinge sprachen: »Ist es möglich:

Diese Person ist geschminkt! Es ist unverschämt von ihr, uns so zu betrügen!« Und damit flogen sie auseinander.

»Schön bin ich doch«, rief ihnen der junge Schmetterling nach, »schöner als ihr alle. Ich bin eine ganz neue Art!« Er naschte noch von ein paar Blumen und schwebte dann wieder über die Planken.

Und nun wurde er erst bewundert! Wo er sich zeigte, liefen ihm alle Kinder nach. Überall hörte er sagen: »Solch ein Schmetterling ist in der ganzen Welt noch nicht gesehen worden!« Und wenn er sich jemandem auf die Hand setzte, drängte sich alles, ihn zu betrachten. Ein paarmal kamen freilich Leute dazu, die sprachen: »Es ist gar kein natürlicher Schmetterling, es hat ihn jemand bunt gemalt.« Aber die Kinder meinten: »Schön ist er doch!« Und die klugen Leute sagten hinterher dasselbe.

»Geschminkt sein, das ist das Richtige«, dachte der junge Schmetterling frohlockend. »Die Natur ist vergänglich, aber die Schminke hält. Ich bin froh, dass ich keine Natur mehr auf den Flügeln habe.« Und nun war er so stolz wie in seinem Leben noch nicht.

Einige Zeit verging, und eines Tages saß ein kleines zerrupftes Ding unter der Kugel im Garten und spiegelte sich, das war wieder der junge Schmetterling. Er hatte nur noch die halben Flügel, und die Schminke hatte doch nicht gehalten. Nur Spuren derselben waren noch zu erkennen. Es war traurig, wie er aussah. Aber er schien gar nicht betrübt, sondern sagte: »Das tut nichts. Ich lasse mich noch einmal schminken!«

Er konnte sich kaum in der Luft halten, als er in die Veranda flog, so spärlich waren die Flügel. Und er musste warten, ehe die Kinder kamen. Das kleine Mädchen hielt ihn erst für eine Heuschrecke und fürchtete sich, als er auf sie zukam. Dann erkannte sie ihn doch. »Er ist zu jämmerlich, Gusti«, sagte sie. »Er dauert mich, und du musst ihn noch einmal malen.« Gusti besah ihn, und dann drehte er sich herum. »Wirf ihn weg oder mache ihn tot«, sprach er. »Es ist nicht der Mühe wert, ihn noch einmal aufzuputzen. Wenn er tot wäre, so wäre es das Beste für ihn.«

Der junge Schmetterling wurde nicht wieder geschminkt, und er flog endlich zurück in den Garten. Niemand wollte mehr etwas von ihm wissen. Wo er hinkam, wichen die anderen Schmetterlinge ihm aus oder jagten ihn fort.

Da saß er auf einer einsamen Distelblüte. Er hatte sich tief zusammengeduckt und sah nicht rechts noch links. »Ich werde nie mehr bewundert werden«, sprach er trüb, »nie - nie- nie! Wenn ich tot wäre, das wäre das Beste für mich.« So saß er eine Weile, und dann schnurrte er in das Gebüsch und kroch tief in das Gras hinunter.

Niemand hat ihn wieder gesehen.

Der Heidegeist.

Es war ein junger Mensch, der hieß Lajosch. Er saß dort, wo die Felder eines ungarischen Heidedorfes aufhörten und die Heide anfing, auf einem Stein und hatte nichts an als ein Paar weite, unten ausgefranste Leinwandhofen und ein weites Leinwandhemd mit einem Gürtel, dazu einen alten schmutzigen Filzhut auf dem pechschwarzen Zottelhaar. So gingen die Leute in dem Heidedorf alle. Er tat nichts, als dass er mit seinen schwarzen träumerischen Augen auf die Heidi hinaussah, auf welcher der Nachmittag lag; und wie weit konnte er sehen! Bis dahin, wo der Himmel und das Graugrün der glatten Ebene sich berührten. Es waren gewiss viele Meilen bis dahin. Der Himmel war wie ein blaues Meer, und die Heide wie ein grünes, am Himmel war nichts zu sehen, und auf der Heide auch nichts. Und eben weil nichts zu sehen war, träumte Lajosch so gedankenlos vor sich hin. Seine Seele war das dritte Meer, auf dem nichts zu sehen war.

Endlich war es ihm doch einen Augenblick, als sähe er etwas, nämlich kleine hellere und dunklere Punkte, die sich bewegten - weit, weit fort in dem Grünen; und nun dachte Lajosch auch etwas: Er dachte, dass es die Pferde eines Tschikosch seien, vielleicht des Tschikosch Sador Pal, den er kannte. Ein Tschikosch ist nämlich ein Pferdehirt in der Heide.

Mit einem mal, er wusste nicht, wie es kam, stand Lajosch auf und ging auf die Heide.

Die Zwiesel fuhren vor seinen Schritten in ihre Löcher; ein paar Raubvögel flogen auf und kreisten über ihm. Er schritt durch das kurze Gras, durch Wolfsmilcharten und Heideblumen, welche die Nachmittagssonne sengte, und dachte, er müsste den Pferden allmählich näher kommen; aber dem war nicht so, und das ärgerte ihn. Er ging desto schneller. Als der Tag sich neigte und die Sonne wie ein Ball vor glühendem Eisen in rötlichen Dunst versank, blickte er sich um: Das Heidedorf war nicht zu sehen.

Lajosch fürchtete sich weder vor der Einsamkeit noch vor dem Schlafen unter freiem Himmel. Er fand zuletzt noch einen kleinen Sumpf mit ein paar alten Pappeln darum, und dort legte er sich auf den Boden.

Aber zu schlafen vermochte er nicht. Er horchte auf die Stimmen der Heide, ein Rascheln, einen Schrei, fernes Gebell und das Glucken aufsteigender Sumpfblasen. Endlich fing er an, die Sterne zu zählen.

Da ging ein Windessausen über die Heide; die Pappelzweige klapperten zusammen und die Blätter zischelten, und Lajosch meinte von weit her Musik zu hören und Pferdegetrappel. Als er sich ein wenig aufrichtete, gewahrte er einen lichten Nebel, in dem sich Rosse tummelten und Gestalten bewegten. Das Sausen schwoll zum Sturm an, Wirbel kreiselten um ihn und schüttelten Staub und dürres Graswerk über ihn, und wie der Sturm, so rasten die Rosse näher mit den Reitern darauf, lange Peitschen flogen und knallten. Hunde bellten und sprangen an den Pferden in die Höhe, und durch alles ertönten ein Zimbal und eine Geige.

»Der Heidegeist!«, sagte Lajosch und duckte sich ins Gras.

Er sah nichts mehr, aber er hörte, wie es rund um den Sumpf sprach: »Guten Abend, Herr!«, und es war, als ob das die alten Pappeln sein müssten, die es sprachen. Da rief eine Stimme:

»Was macht mein Haus im Schilf und Rohr?
Was macht meine Tochter im finsteren Moor?«

Und um den Sumpf herum sagte es:

»Das Häusel ist bland, Euer Kind das steht
Und flicht die Zöpfe beide,
Hat gesponnen von früh bis spät
Pappelwolle zum Kleide.«

»Es ist gut«, sprach die Stimme. »Aufgespielt, ihr Faulen!« Und das Zimbal und die Geige klangen, und was sie spielten, war ein Tschardasch, den Lajosch kannte. Ein Tschardasch ist eine Tanzweise, und ein Zimbal ist ein kleiner Klavierboden mit Saiten, die man mit zwei Klöppeln schlägt.

»Lajosch lag wie ein Toter. Mit einemmal vernahm er ein Schnaufen dicht neben sich, das Schnaufen von Pferdenüstern, und der warme Hauch ergoss sich über seinen Nacken. »Joi!«, rief es rau über ihm, »da liegt ein Bursche. Auf ein Pferd mit ihm!« Und Lajosch hörte Geschnalz und Pferdetritte, die näher kamen, und dann fühlte er, wie es ihn am Gürtel packte und durch die Luft schwang, bis dass er saß. Er öffnete furchtsam die Augen; da fand er sich auf einem Pferderücken und blickte in eine zottige Mähne.

»Wie heißt du?«

»Lajosch.«

»Willst du mit reiten?«

»Ja.«

Er sah einen alten Mann zu Pferd neben sich, mit weiten weißen Beinkleidern, bauschigen Hemdärmeln und offenen Schnürenrock dazu einer Astrachenmütze auf dem Kopf. Sein grauer Bart hing bis auf die rote Pferdedecke und sein Haar bis tief in die Rücken nieder, und durch die gewaltigen Brauen funkelten seine Augen wie Glühwürmer.

Das war der Heidegeist. Zwei Zigeuner ritten, der eine hatte das Zimbal vor sich und hämmerte, und der andere geigte. Weiterhin jagten sich wilde Pferde; braune Burschen und langzöpfige Dirnen saßen darauf, nacktfüßig und jauchzend schwangen sie Peitschen, die Pferde im Kreis wirbelnd, dass sie kaum zu erkennen waren, oder wie Pfeile mit ihnen da- und dorthin schießend. Der Sumpf war voll flackernder Lichter, und die Pappeln glichen nicht mehr Bäumen, sondern ehrwürdigen Greisen mit langem graugrünem Haar, die gesenkten Hauptes in das Wasser blickten. Plötzlich wallte das Wasser auf und zerteilte sich; ein schönes schwarzäugiges Mädchen stieg heraus in weißem seidenglänzendem Rock und rotem Mieder mit Goldschnüren und flog auf den Alten neben Lajosch zu, der sie auf sein Pferd hob und küsste, und da sah Lajosch, dass sie zwei schwarze Zöpfe hatte so lang wie sie selber, die ganz mit rotem Band durchflochten waren.

»Hujoh!«, rief der Heidegeist, und jagte bei dem Sumpf vorüber, auf dem die Lichter verloschen; hinter ihm her flogen die Geisterpferde, die Luft sauste und zischte, und wenn der Staub aufflog, war er ein schimmernder Nebel, bis er wieder gesunken war. Sie trafen auf eine Umzäunung, in der eine Herde von Pferden erschreckt umher tobte. Der Heidegeist zeigte auf einen Schimmel, der wie Schnee leuchtete, eine Peitschenschnur traf ihn und er sprang mit einem Satz über den Zaun und der Heidegeist schleuderte das schöne Mädchen durch die Luft, dass sie auf den Rücken des Schimmels flog. Die weiße Mähne flatterte ihr bis in das Gesicht, und sie ergriff ein Haarbüschel und wickelte ihn um die Hand. So saß sie.

Lajosch hatte alle Furcht verloren. Sein Herz in der Brust jauchzte bei dem wilden Ritt, denn er kannte kein größeres Vergnügen als zu reiten; das war es, warum er mit Sador Pal, dem Tschikosch, Freundschaft gehalten hatte, und er wäre selber am liebsten ein Tschikosch geworden. Aber was war ein Ritt auf dem kleinen schwarzen Hengst Sador Pals gegen diese Jagd durch die Sternennacht über der Heide! Die Geister kamen zu ihm heran im Vorüberstreifen und nickten ihm zu, die Männer und die Dirnen, und einmal auch das schöne Mädchen des Heidegeistes; es sah ihm eine Weile ins Gesicht und sprengte dann über Seite. Das Antlitz des einen Mannes kam ihm bekannt vor: Er sah aus wie der Karman Schandor, den er als kleiner Junge gekannt hatte und den mit einem mal niemand mehr gesehen, seit ihn die Panduren gesucht hatten, weil er Pferde gestohlen haben sollte.

Und zum Reiten kam noch die Musik! Man hörte ganz deutlich die schwirrenden Läufe des Zimbal und das wilde Kratzen der Geige, denn die Zigeuner spielten alles so rasch wie man den Frisch, die zweite Hälfte des Tschardasch spielt.

In der Ferne loderte ein Feuer auf; es brannte vor einer verlassenen Heideschenke, dort hielt alles an und sprang von den Pferden. An der Mauer standen Krüge und die Geister tranken; auch Lajosch, und er schmeckte, dass er guten Wein trank, und als er ein paar Tropfen davon auf die Erde schüttete, waren es glühende Funken, die erloschen. Dann tanzte alles, einen Tschardasch nach dem anderen. Lajosch konnte sie alle singen: »Im Waldesdunkel, im dichten Wald«, »Ruhig fließt die Marosch«, »In der Stille hab ich wollen lieben«, und wie sie sonst anfingen. Das Feuer flackerte so lustig, die Tänzer stampften und regten die Hände so wild, die Haare flatterten, die Dirnen flogen im Kreis durch die Luft um die kreischenden Burschen. Und Lajosch tanzte mit; er konnte nicht anders, denn des Heidegeistes Tochter kam und fasste seinen Arm und wollte mit ihm tanzen.

Es war merkwürdig, dass sie die Einzige war, die blühend rote Wangen hatte. Alle anderen waren so blass wie Wachs.

Man tanzte und man trank. Und endlich saß alles wieder auf, und vorwärts ging es wieder in die dunkle Heide. Das Feuer bei der Heideschenke war erloschen. Die Peitschen knallten, die Hunde heulten und der schimmernde Nebel stob auf, und Lajosch war glücklich. Nur die eine Frage quälte ihn: Ob er nun auch anderen Tages wieder in dem Heidedorf sein könnte? Dort wohnten seine Eltern, seine Schwester, die Irma, und sein Bruder, der Ischtwan. Er hatte sie alle vier sehr lieb.

Sie ritten, bis der Himmel im Osten sich zu lichten begann; da lagen weite blitzende Wasserflächen vor ihnen und Lajosch dachte bei sich: Das ist die Theiß! Aber es waren nur ihre Sümpfe. Plötzlich sprangen die Pferde in das Wasser hinab und Lajosch schloss schwindelnd die Augen. Nass wurde er nicht, und als er die Augen öffnete, hielt er in einer Halle. Es war nicht hell und nicht dunkel darin; ein Zwielicht, das kam von den Wassertropfen, die überall an den Wänden glommen. Lajosch tat wie die anderen: Er sprang vom Pferd und legte sich auf ein dickes Schilflager zum Schlafen. Müde war er sehr, und sein Herz war bekümmert. Er wäre doch lieber oben auf der Heide geblieben und hätte das Heidedorf aufgesucht; er dachte daran, wie sehr vier Menschen sich ängstigen würden, wenn er noch immer nicht nach Hause kam. Aber er schlief ein.

Einmal wachte er wieder ein wenig auf während des Schlafes. Er fühlte einen Schmerz in der Brust, gerade über dem Herzen, und er fühlte, wie das Herz ängstlich schlug, und blinzelnd sah er schwarzes Frauenhaar vor sich und Zöpfe, die mit rotem Band durchflochten waren. Er holte tief Atem; da richtete es sich von seiner Brust auf und des

Heidegeistes Tochter sah ihn mit ihren schwarzen, brennenden Augen so geheimnisvoll an; ihre Nüstern zuckten und ihr voller, roter Mund lächelte leise. Und Lajosch seufzte tief und schlief wieder ein.

Er merkte nichts weiter davon, wie des Heidegeistes Tochter von seinem Herzblut trank.

Als er aufwachte und mit den Übrigen zu Pferd wieder aus dem Wasser auf die Heide ritt, war es Nacht. Die Sterne blinkten und der Nachtwind raschelte durch die Gräser. Es ward ihm so leicht in der Brust, aber auch so leer; er griff nach seinem Herzen und es schlug noch, nur nicht so kräftig wie früher. Sie ritten wie in der Nacht zuvor. Die Gegend dünkte Lajosch zwar eine andere, den Sumpf mit den Pappeln trafen sie nicht; aber die Heideschenke, vor der sie Halt machten, war die gestrige. Die Geister sprachen mit ihm, und der eine davon war wirklich der Karman Schandor. Es war merkwürdig, dass er sich auf seinen Namen erst besinnen konnte, als Lajosch ihn nannte. Er wusste nicht einmal mehr, was Panduren waren. Nun bekam Lajosch Mut und fragte den Heidegeist, ob er ihn nicht wolle heimkehren lassen.

»In ein paar Tagen«, sagte der Heidegeist.

Ein paar Tage vergingen, und Lajosch fragte wieder. Aber er fragte eigentlich nur so nebenbei, weil er gerade an das Versprechen dachte, und er verwunderte sich selber, wie gleichgültig ihm bei der Frage das Herz war.

»Was willst du daheim?«, fragte er Heidegeist.

»Es ist nur wegen meiner Eltern«, antwortete Lajosch, »und wegen der Irma und des Ischtwan. Mir ist, als ob ich schon hundert Jahre von ihnen fort wäre, ich kann mich gar nicht mehr besinnen, wie sie ausschauen.

»Du kannst sie sehen.«

Sie schwenkten vom Weg ab und kamen an einen Ziehbrunnen, dort winkte der Heidegeist, und Karman

Schandor sprang vom Pferd, ließ den Eimer hinab und zog ihn wieder herauf. In dem Eimer stand ein alter Mann und hielt sich mit zitternden Händen an die Kette. Seine Augen waren geschlossen. Und Lajosch ritt vor und schaute dem alten Mann in das braune Gesicht. Es kam ihm fast so vor, als ob es sein Vater wäre, aber so recht wusste er es doch nicht.

»Ich kenne ihn nicht«, sagte er endlich ganz verlegen, und der Heidegeist schlug ein lautes Gelächter auf. Karman Schandor aber ließ den Eimer fahren, dass man ihn unten hart aufschlagen hörte. »Du hast keinen Vater mehr«, sagte er zu Lajosch. »Der Wind ist dein Vater und die Heide deine Mutter.

Weh! Ein lustig Reiten auf der Heide glatt,
Wenn des Windes Ross mit uns um den Preis ringt;
Schneller ist mein weißes Ross, wie Seide glatt,
Glatt und silbern wie der Fisch aus der Theiß springt.«

So sang er. Und die Zigeuner spielten es. Karman Schandor aber sprang auf sein Pferd, und jauchzend flog der Schwarm wieder mit Lajosch in die Nacht hinein.

»Ich habe keinen Vater mehr, und ich habe keine Mutter mehr«, sagte Lajosch für sich, und fühlte wieder an sein Herz und fand, dass es kaum mehr zuckte. Er wollte mit aller Gewalt Heimweh haben, aber es ging nicht. Es war ihm, als gehöre er zur Heide wie die Blumen und der Wind, und alles andere war ihm gleichgültig. Bloß wundern konnte er sich noch darüber, dass es so war. Vielleicht nur ein paar Tage noch, dann konnte er auch das nicht mehr, und sein Herz stand ganz still.

»Nach Hause!«, dachte Lajosch bei sich, und während er diesen Gedanken festhielt, wurde er lebhafter. Aber wie nach Hause kommen? Flüchten? In wenigen Augenblicken würde man ihn eingeholt haben.

Da, war das nicht ein Dorf? Er sah etwas wie Häuser in der Ferne und hörte Hunde bellen. Und er sah noch mehr: Ein Feld mit Kukuruz, nur hundert Schritt weit, und in der einen Ecke des Feldes ein hölzernes Kruzifix mit einem Kürbisgerank über den Stamm. Und Lajosch glitt vom Pferd und rannte wie gepeitscht auf das Kruzifix zu. Hinter sich vernahm er Geschrei und wildes Rossgetrappel, aber er hielt den Stamm des Kruzifixes umfasst, schloss die Augen und rührte sich nicht. Eine Müdigkeit überkam ihn, und nur wie im Traum hörte er verhallende Rufe: »Lajosch, Lajosch!«

Es war die Tochter des Heidegeistes, die ihn rief.

Am Morgen wachte er auf und ging in das Dorf. In der Brust spürte er ein tiefes Weh, eine brennende Sehnsucht nach der stillen, weiten Heide; hätte er den Rücken eines Rosses unter sich gehabt, er wäre vielleicht umgekehrt. Die Leute in der Dorfgasse sahen ihn mit neugierigen Blicken an: »Wie blass er aussieht! Ein fremder Bursch, der aussieht wie eine Leiche!« Und sie gingen ihm scheu aus dem Weg. Aber Lajosch kümmerte sich nicht um sie. Er ging dorthin, wo der Turm der Dorfkirche ragte, und schritt die Stufen des Pfarrhauses hinauf.

»Herr«, sagte er mit tiefer Angst und küsste die Hand des alten Pfarrers, »ich habe alles vergessen, was ich lieb gehabt habe, Vater und Mutter, die Irma und den Ischtwan, mein Dorf und meine Freunde. Ich habe nur eins lieb: Die Heide draußen. Und das kommt davon, weil ich mit dem Heidegeist geritten bin, und mit seiner Tochter und dem Karman Schandor und den anderen. Es war schön das, ehrwürdiger Vater, sehr schön« - mein Herz will nicht mehr schlagen, und ich weiß nicht einmal mehr, wie mein Vater aussieht.«

»Komm!«, sagte der alte Mann.

Er ging mit Lajosch in die stille, kühle Kirche, nahm vom Altarbrot und gab es ihm in den Mund. »Nimm und iss!«, sprach er. »Das ist die Liebe zu den Brüdern.« Und während Lajosch aß, fühlte er, wie sein Herz stärker und stärker klopfte und seine Wangen heiß wurden. Die Erinnerung an den Heidegeist verdämmerte in seinem Kopf und er wurde wieder derselbe Lajosch, der auf dem Stein gesessen und nachher die Pferde Sador Pals gesucht hatte.

Der Pfarrer sorgte dafür, dass er in sein Dorf zurückkehrte. Dort ist alles mit Fragen auf ihn eingestürmt, wo er die Tage her gewesen, aber er sagte nichts, als dass er in der Heide gewesen und bei jenem anderen Dorf wieder herausgekommen war. Vor der Heide behielt er eine tiefe Scheu, und er ist nachher ganz aus ihrer Nähe fort in eine große Stadt gezogen.

Die Hochzeitsreise.

»So«, sagte der Hausknecht vom Hotel und stellt ein Paar Stiefel und ein Paar Damenschuhe vor die Tür, »Nummer Zwölf, das wären die Letzten, Gott sei Dank, und ich kann jetzt schlafen gehen.« Darauf schlich er müde den langen Korridor hinunter, man hörte eine Treppe knarren und eine Tür schlagen. Alsdann hörte man im ganzen Haus weiter nichts.

Auf dem langen Korridor brannten nur zwei tief heruntergeschraubte Wandlampen, an jedem Ende eine. Die beiden Wände rechts und links waren voller Türen, alle gleichweit voneinander entfernt, und immer zwei einander gegenüber; oben an jeder Tür stand eine Nummer. Vor einigen dieser Türen war Schuhwerk zu sehen, Herrenstiefel oder Damenschuhe, bei manchen hingen auch Kleider an einem Nagel. Alle diese Sachen gehörten Reisenden, die in den Zimmern schliefen; es war nämlich schon spät in der Nacht.

Die Stiefel und die Schuhe vor Nummer Zwölf waren noch ganz neu; man konnte es daran sehen, dass sie fast gar keine Falten hatten. Denn die Stiefel und die Menschen bekommen Falten, wenn sie alt werden, und bei den Stiefeln geht das sehr schnell. In dem Zimmer Nummer Zwölf logierte ein junges Ehepaar, das eben von der Hochzeit kam und eine Hochzeitsreise machte; und das Hotel, in dem sie eingekehrt waren, lag in einer kleinen hübschen Stadt am Rhein.

Wenn man die Stiefel genau besichtigte, so sahen sie wie ein Par stattliche kleine Herren aus. Für ein Paar Stiefel waren sie hoch gewachsen, und oben hatten sie jeder zwei weiß- und grüngestreife Ohren, die sie stolz in die Luft reckten. Und wie herrlich sie glänzten! An gewissen Stellen blitzten sie ordentlich. Die Damenschuhe blitzten freilich noch mehr, denn sie waren lackiert; man konnte in ihnen die Wandlampen wie in einem Spiegel erkennen. Was die Ohren betrifft, so besaßen sie deren allerdings keine, aber dafür etwas anderes, nämlich eine große Atlasrosette mit einem zierlich geschliffenen Knopf aus schwarzem Glas in der Mitte.

Eine Weile standen die beiden Paare nachdenklich nebeneinander; endlich aber knarrte der eine Damenschuh ganz vernehmlich: »Ach!« Knarren ist nämlich die Schuh- und Stiefelsprache, und es gibt Stiefel, die viel knarren, und solche, die wenig knarren, wie es Menschen gibt, die sich gern reden hören, und wieder andere, die lieber schweigen.

»Warum seufzen Sie, mein Fräulein?«, fragte der eine Stiefel. »Fehlt Ihnen etwas?« Und er reckte die weiß und grün gestreiften Ohren herüber, um besser zu hören.

»Ich bin sehr unglücklich«, sagte der Damenschuh. »Ich hätte nie geglaubt, dass ich dazu bestimmt wäre, mich täglich zwölf und mehr Stunden von einem Fuß treten zu lassen. Wenn das so fortgeht, so komme ich in wenigen Tagen aus der Fasson. Sie müssen wissen, dass wir ein Jahr lang nichts zu tun hatten als hinter einer großen Spiegelscheibe zu stehen und uns bewundern zu lassen. Wir hatten die beste Gesellschaft und immer etwas Neues zu sehen; jetzt ist man den ganzen Tag blind vor Staub, bloß abends wird man geputzt, wenn nichts mehr zu sehen ist. O, er ist schmerzlich, solch ein Wechsel!«

Und der Damenschuh seufzte, dass alle Nähte krachten, und der zweite daneben seufzte zur Gesellschaft mit.

»Sie dauern mich«, meinte der Stiefel. »Sie haben ein Mädchenleben geführt, und der Übergang muss sehr unangenehm für Sie sein. Wir Männer sind von Jugend auf daran gewöhnt, geplagt zu werden; und was den Umstand angeht, dass mich der Fuß drückt, so haben wir uns gegenseitig nichts vorzuwerfen. Ich kann wohl sagen: Ich habe ebenso viel gedrückt, wie er mich. Endlich wird man doch auch als Gentleman behandelt und hat wenigstens seine Bedienung.«

»Was Sie sagen!«, meinte der Damenschuh. »Sie scheinen ein Edelmann zu sein, dass Sie Bediente gehalten bekommen.«

»Nur einen«, sprach der Stiefel würdevoll, »einen richtigen Stiefelknecht. Ich lasse mich jeden Abend von ihm ausziehen.«

»Ach«, sage der zweite Damenschuh, und der schwarze geschliffene Glasknopf, der wie ein Auge aussah, funkelte vor Wehmut, »wir werden gewiss niemals eine Stiefelmagd besitzen! Wenn wir nur unsere Freiheit wieder hätten! Wir würden am liebsten davonlaufen, aber es schickt sich nicht, dass unverheiratete Frauen allein in der Welt herumlaufen, besonders solche, die eine so anständige Vergangenheit gehabt haben wie wir.«

»Sie haben schöne Grundsätze«, sagte der zweite Stiefel, denn er wollte auch etwas sprechen; »und Sie sind ein recht hübscher Schuh. Ich bewundere Ihren außerordentlich schlanken Wuchs.«

»Sie sind sehr aufrichtig«, versetzte der Damenschuh. Wollen Sie mich dorthin begleiten - wenn ich nicht irre, so ist dort Schuh- und Stiefelkränzchen.«

Und wirklich waren alle die Schuhe und Stiefel, die vor den Türen gestanden hatten, bei einer Türe mitten im Korridor zusammengekommen, und nun gingen unsere beiden Paare auch hin, der rechte Stiefel neben dem rechten Damenschuh und der linke neben dem linken, und es gab eine große Vorstellung; jedes Paar nannte seinen Namen, nämlich den Namen dessen, dem es gehörte.

Zuerst ein Paar kleine Reiterstiefel: »Baron Zitzewitz.« Sie klirrten mit den Sporen dazu, was sich adelig ausnahm, und ihr Knarren klang ungewöhnlich. Sie gaben das schönste Paar ab, und alle Damenschuhe drängten sich, sie zu sehen, denn ihr oberster Teil war lackiert, und in der Mitte hatten sie lauter kunstvolle Falten. Danach ein dickes Paar Stiefel von der Sorte, die man Wasserstiefel nennt, das sprach: »Pächter Kümmel, ergebens aufzuwarten.« Es roch nach Fischtran, aber es konnte die tiefste Verbeugung machen, fast bis auf die Dielen klappte es sich um. »Geheimrat Zipperlein und Gemahlinnen«, nickten die beiden nächsten Stiefel, die sehr runzelig waren und sehr abgenutzte Ohren besaßen, abgesehen von einem das ganz neu sein musste. Sie hatten ein Paar weite Goldkäferschuhe mit Schnallen neben sich. Außerdem war noch ein Jagdgehilfe Kiebitz dort, nämlich zwei schöne Juchtenstiefel, die einen gar kräftigen Geruch verbreiteten, dazu eine Sängerin Signora Pimpinella, von schwarzem Atlas mit einem Spitzenkragen und sehr hohen Absätzen, und zwei kalblederne Stiefel mit im ganzen nur zwei höchst traurigen Ohren und einem gewissen schlürfenden Auftreten, dass man nichts von ihren Sohlen zu sehen bekam. Diese nannten sich Studiosus Töppchen.

Jetzt kamen auch unsere Paare an die Reihe. Die Stiefel sprachen: »Unser Name ist Weißleder, Assessor Weißleder.«

»Und die Damen?«, fragte die linke Frau Geheimrätin. »Sind es nicht Ihre Gemahlinnen?«

»Ach nein«, sagten die Damenschuhe; »wir reisen mit zwei Neuvermählten und kennen uns erst seit gestern.«

»Wie schade«, meinte die Frau Geheimrätin. »Sie passen so hübsch zusammen; Sie sollten sich doch heiraten. Ich habe schon so manche Heirat zu Stande gebracht, und es hat immer die glücklichsten Ehen gegeben; ich habe ein gutes Auge dafür, was zusammen gehört, und ich sage Ihnen: Sie dürfen es auf meine Verantwortung hin wagen.«

Und die Studentenstiefel taten zwei Schritte vorwärts und sprachen: »Wir werden Sie trauen, wenn Sie einverstanden sind.« Sie waren etwas geistlich, weil der Studiosus Töppchen die Gottesgelehrtheit studierte. Und gleich nach ihnen kamen die dicken Pächterstiefel, die nach Fischtran rochen, die machten eine Verbeugung bis auf die Erde und gratulierten; sie hatten etwas von Heiraten verstanden und dachten, das wäre schon eine abgemachte Sache. Sie litten nämlich an Schwerhörigkeit, weil sie Lederohren hatten, die gar nicht einmal über den Stiefelrand hinaus ragten. Alles redete den Paaren zu, ausgenommen die Sängerin, die neidisch war; und als die linke Frau Geheimrätin sie zuletzt auf das Gewissen fragte, sagen auch alle vier »ja«, die Studentenstiefel sprachen einen kräftigen Segen, die Paare tupften zart mit den Schnäbeln aneinander, was so viel wie einen Kuss bedeuten sollte, und dann wurde gratuliert.

Jetzt bekam die Sängerin ihre Strafe für ihren Neid. Sie schlug nämlich einen kleinen Ball vor, aber es wollte niemand tanzen, die einen darum nicht, weil sie zu alt, die anderen, weil sie müde von der Reise wären; die Pächterstiefel, die viel in die Nässe kamen, verspürten etwas Podagra, die Studentenstiefel schützten ihren geistlichen Charakter vor, aber sie wollten bloß ihre Sohlen nicht zeigen. Die Sängerstiefelchen sagten, nun wären sie beleidigt, und gingen ohne Abschied vor die Türe.

Zuletzt ging alles auseinander, die beiden Paare von Nummer Zwölf standen wieder dort, wo der Hausknecht sie hingestellt hatte, und nun waren sie verheiratet und nannten sich du. »Es fehlt bloß noch eines«, sagte der linke Damenschuh. »Alle Neuvermählten von Stande machen eine Hochzeitsreise. Wir sind gewiss von Stande, denn wir haben Männer, die einen Stiefelknecht besitzen, und wenn ich nicht ganz unglücklich sein will, so muss ich auch eine Hochzeitsreise machen.«

»Ei«, sagte ihr Stiefel, »wir befinden uns ja auf einer solchen.«

»Das wäre mir eine schöne Hochzeitsreise«, versetzte der Damenschuh mit deutlichem Ärger, »auf der man den ganzen Tag von einem Fuß getreten wird. Ich will meine eigene Hochzeitsreise haben.«

»Wir können ja morgen früh wieder zurück sein«, fügte der andere Damenschuh hinzu.

»Mit dem Stiefelknecht das hat seine Richtigkeit«, sprach der linke Stiefel nachdenklich und wackelte mit den Ohren; »aber es wird eine gefahrvolle Reise, das ist sicher; ich glaube nicht, dass die Geheimratsfrauen jemals eine Hochzeitsreise gemacht haben.«

Was half es? Die Damenschuhe waren eigensinnig, und in einem Augenblick schlichen beide Paare die Treppe hinunter. Die Haustür fanden sie zwar verschlossen, aber sie konnten in den Hof schlüpfen, in welchen eben ein verspäteter Wagen eingefahren war, und weiter durch das Hoftor auf die Straße.

Der Mondschein lag auf dem Pflaster, und sie suchten den Schatten, obwohl nirgends ein Mensch zu spüren war; erst als sie zur Chaussee kamen, kümmerten sie sich nicht mehr darum, dass es hell war, sondern spazierten mitten im Weg. Es war eine herrliche Nacht, eine rechte laue Sommernacht, und die vier Hochzeitsreisenden wussten sich gar nicht zu lassen vor Vergnügen, so sehr hatten selbst die Stiefel ihre vorige Besorgnis überwunden. Sie sprachen viel miteinander, teils lustig, teils zärtlich. Zuletzt gingen sie von der Chaussee ab, seitwärts durch die kleinen Weiden bis an den Fluss, und wie sie das Wasser da so schön blinken sahen, wurden sie entzückt und schwärmerisch gestimmt, und jedes Paar gelobte sich ewige Treue.

Sie standen eben noch und sahen den Fischen zu, die aus dem Wasser sprangen, da vernahmen sie ein Geräusch und bemerkten, indem sie sich zur Seite wandten, wie dort ein Handwerksbursche sich erhob, der in den Weiden geschlafen hatte.

»Oho!«, rief der Handwerksbursche und rieb sich die Augen, »mir hat geträumt, es kämen ein Paar neue Stiefel zu mir gegangen, weil meine alten keine Sohlen mehr haben, und wirklich - da sind sie! Was für ein Glücksvogel bin ich!«

Die Stiefel samt den Damenschuhen waren dermaßen erschrocken, dass sie ganz unbeweglich standen, die Damenschuhe sogar einer Ohnmacht nahe. Der Handwerksbursche griff den einen Stiefel beim Hals und hielt ihn mit der Sohle unter seinen Fuß. »Passt wie der Hase in die Pfanne!«, sagte er vergnügt und zog ihn an, und danach auch den zweiten.

»Lauft was ihr könnt!«, knarrten die Stiefel den Damenschuhen zu. Und es war höchste Zeit, denn der Mann streckte schon die Hand nach den Schuhen aus und sie wischten ihm gerade noch unter den Händen durch zwischen die Weiden.

»Hm!«, sagte der Handwerksbursche verwundert hinter ihnen her. »Das sind Laufschuhe, und was ich angezogen habe, das werden Laufstiefel sein. Sie sollen mir nicht von den Füßen kommen, so lange noch ein Fetzen an ihnen ganz ist; nachher mögen sie laufen wohin sie wollen.« Damit lege er sich nieder und schlief wieder ein.

Die Damenschuhe aber rannten in ihrer Angst auf die Chaussee und weiter bis zum Hotel. Alle Türen waren verschlossen, doch zwischen dem Hoftor und dem Pflaster fanden sie eine Lücke, und weil sie so klein und schmal waren, konnten sie wenigstens in den Hof gelangen. Weiter freilich nicht. Vor der Haustür standen sie und jammerten.

»Wir werden gewiss krank werden«, sagte der linke Damenschuh. »Und daran ist niemand schuld als die Stiefel; warum haben sie uns an das Wasser geführt, als wir es wollten. Das sind mir die rechten Männer, die einem allen Willen tun! Wir können froh sein, dass wir von ihnen erlöst sind.«

Als der Hausknecht früh die Türe öffnete, da fand er sie. »Ei, ei«, murmelte er ganz erstaunt, »ich dachte doch, ich hätte gestern Nummer Zwölf richtig geputzt und hinaufgetragen!« Und nun rieb er den Lack noch einmal blank und stellte die Schuhe wieder vor ihr Zimmer. Aber das Schlimmste für ihn kam erst, als man die Stiefel nirgends fand; alles schalt auf ihn, und er dachte an die Schuhe und konnte nicht einmal recht seine Unschuld beteuern. Beinahe hätte er die neuen Stiefel zu bezahlen gehabt, die sich nun der Herr Assessor Weißleder kaufen musste.

Die gekauften Stiefel waren noch schöner als die armen, die jetzt der Handwerksbursche an den Füßen hatte, und die Damenschuhe sagten ihnen das auch gleich und behaupteten, dass sie Witwen wären. Am Tag gingen die beiden Reisenden spazieren, und mit einem mal kam der Handwerksbursche vorbei. Die Stiefel, die er trug, waren schon fast blind, und die Damenschuhe stießen sich bloß an und der eine sprach: »Pfui!« Das war alles. Dann fuhren sie mit den Reisenden in eine andere Stadt. Sie taten immer sehr zärtlich mit den neuen Stiefeln, und eines Abends fragten sie, ob sie sich nicht auch mit ihnen trauen lassen wollten wie die anderen Stiefel, und diese sagten: »Ja, bei nächster Gelegenheit.«

Aber es kam anders.

An demselben Abend noch setzte der Herr Assessor Weißleder ein Paar Stiefel vor die Tür, die freilich so gräulich aussahen, dass die neuen, obwohl sie auch schmutzig waren, wie Prinzen dagegen sich ausnahmen. Das waren die Stiefel, die der Handwerksbursche angehabt hatte; und der Herr Assessor drehte dabei den Kopf zu seiner Frau und sprach: »Was wir doch für eine gute Polizei haben, Kamilla! Daran, dass der Handwerksbursch in seinen Stiefeln ging, haben sie gleich gemerkt, dass er ein Spitzbube war.«

Sie waren sehr hässlich, die alten Stiefel, fast ganz abgeschabt bis auf das braune Leder, und die Ohren sahen aus wie die zwei traurigen Ohren der Studentenstiefel, von denen sie getraut worden waren. Aber sie waren sehr glücklich. »Gott sei Dank«, sagten sie zu den Damenschuhen, »dass wir wieder bei unseren lieben Frauen sind.«

»Wir kennen Sie nicht«, sagte der linke Damenschuh ganz hochmütig. »Rühren Sie uns nicht an. Sie sind uns zu gemein; Ihr Frauen sind wahrscheinlich ein Paar alte Pantoffeln, die können Sie unten in der Küche finden.«

»Jawohl«, fügte der rechte Schuh hinzu. »Wir sind zwei Damen, und diese zwei Kavaliere dort werden uns heiraten, sobald eine Gelegenheit kommt.«

»Gut«, sprach der eine Stiefel zornig, »unserethalben mag Sie heiraten, wer Lust hat; aber diese Kavaliere sollen wenigstens wissen, wie es uns ergangen ist.« Damit fing er an zu erzählen, und als er fertig war, sagten die neuen Stiefel nachdenklich: »Das ist freilich eine andere Sache!« Weiter gar nichts, denn eben kam der Hausknecht und trug alle drei Paar hinunter. Er brachte nachher zuerst die neuen Stiefel und die Damenschuhe hinauf, die kein Wort miteinander sprachen und schon vor Langeweile eingeschlafen waren, als er das dritte Paar nach einer halben Stunde dazu stellte. Aber wie verändert sah das nun aus! Spiegelblank; selbst die Ohren waren gewaschen, wenn auch nicht wieder ganz so steif wie früher. Die

Damenschuhe waren denn auch frühmorgens wie umgewandelt und entschuldigten sich, sie hätten sie am Abend gar nicht erkannt. Aber alle Zärtlichkeit half ihnen nichts.

»Sehen Sie zu, wo Sie andere Männer herbekommen«, sprachen die Stiefel, »aber Sie dürfen überzeugt sein, dass wir allen vorher erzählen werden, was Sie für Geschöpfe sind.«

Als die Frau Assessor Weißleder ihre Schuhe anziehen wollte, sah sie mit Schrecken, dass sie überall geplatzte Nähte hatten, und sie klagte über den Schuhmacher, der so liederlich genäht hätte.

Sie wusste nicht, dass die Schuhe vor Ärger geplatzt waren.

Die Spinnenprinzessin.

Wenn der Sommer zu Ende geht, dann kommt gewöhnlich eine kurze Zeit hässliches, windiges, regnerisches Wetter; aber wenn das vorüber ist, pflegt es noch einmal schön zu werden. Das ist die Zeit, unmittelbar nachdem die letzten Felder gemäht sind, die Zeit wo die Drachen steigen und die Trauben essbar werden. Es ist wirklich Sommerwetter; die Luft so sommerlich blau, und wo die Sonne hinscheint, da ist es so wohlig warm! Nur die Glut des Sommers ist vorüber und das ist eben das Schöne.

Es ist die Zeit, wo einen die Wanderlust anfliegt, wo der blitzende Morgentau, wo jedes Stückchen Grün, jedes Lüftchen winkt: Komm! Man nennt sie den Altweibersommer, wohl wegen der Spinnweben, die in der Luft umherfliegen wie weißes Haar des Alters und die in manchen Gegenden selber Altweibersommer heißen.

Wie hübsch es aussieht, wenn diese weißen, seidenglänzenden Schleierchen hoch durch das Blaue fliegen! Ich hatte mir immer gedacht, dass irgendjemand darauf spazieren fahren müsse, und als ich einmal ein solches Gewebe einfing, das recht tief flog, da war es wirklich so: Es saßen eine Menge kleiner Spinnen darauf, und ich beneidete sie sehr um ihre Luftfahrten. Gewiss war es so, dass sie auch um diese Zeit wanderlustig wurden, denn im ganzen Sommer waren sie nicht zu erblicken, und wenn es anfing kalt zu werden, dann auch nicht mehr.

Von diesen Spinnen weiß ich ein Märchen.

Es sind kleine Fräulein, die jedes Jahr ihre Reise machen; das ist ihre Gewohnheit, wie die Frühjahrs- und Herbstfahrt bei den Zugvögeln. Sie setzen sich auf ihre Schleier und werden kleine Spinnen, und die Schleier werden Spinngewebe; kommen sie wieder nach Hause, so hört das auf, sie sind dann wieder die zierlichen kleinen Fräulein mit den lustigen weißen Seidenschleiern. Niemand kennt ihre Heimat, sie ist ein Märchenland; und es gibt mehr solcher Märchenländer! Woher kommt denn der Wind, und wohin geht er? Niemand weiß es als die Märchen.

Sie haben auch eine Prinzessin, und die fuhr eines Tages gleich den übrigen auf dem Spinnenschleier durch die Luft mit zwei Kammerfräulein, die ihre Schleier an den ihrigen gesteckt hatten, damit sie beisammen blieben. Es war Mittag, die Luft sonnig klar; kein Wölkchen am Himmel.

»Wir wollen wieder einmal zur Erde hinunter«, sagte die Spinnenprinzessin. »Man wird ganz schwindlig von dem immerwährenden Fliegen, und außerdem ist hier beinahe nichts zu sehen als Bäume. Wir wollen uns dort niederlassen, wo man das hübsche kleine Waldschlösschen sieht.«

Der Schleier glitt tiefer und tiefer; endlich tauchte er zu einer Waldwiese hinab. Dort lag ein junger Jäger im Schatten. Barett, Jagdspieß und Hifthorn hatte er neben sich im Gras; auf seinen Wangen glühte der Schlaf. »Dorthin«, flüsterte die Prinzessin, und dicht neben seinem Kopf flog der Schleier ins Gras.

Sie konnten ihm vom Gras aus gerade ins Gesicht sehen, da er auf einem Ohr lag; das taten sie denn eine Weile und hatten das größte Vergnügen dabei. »Er ist ein hübscher Mensch«, sprach endlich die Prinzessin. »Manchmal ist es doch recht schade, dass man so als Spinne herumfliegt; ich möchte wohl wissen, was er zu uns sagen würde, wenn er uns als Fräulein erblickte. Er hat gewiss schon schönere gesehen als uns, wenigstens wenn ihm das Schlösschen dort gehört.

Und das Schlösschen gehörte ihm wirklich, denn er war ein Königssohn, und sein Vater hatte es ihm einmal zum Geburtstag geschenkt.

»Ei«, meinte das eine Kammerfräulein, »wir brauchten ihm ja bloß ein Stückchen Schleier auf die Augen zu legen, dann sieht er unsere Mädchengestalt. Es wird nicht gefährlich sein, denn er schläft.«

»Es ist doch gefährlich«, sagte das andere Kammerfräulein. »Von allen Menschen droht uns Leid, und immer, immer!«

Aber sie rissen doch ein Stück Schleier ab und zogen es ihm ganz sacht über die Augen; und nun sah der Prinz drei reizende Fräulein, die neben ihm im Gras saßen und ihn betrachteten. Er war munter geworden, aber er glaubte, dass er träumte, und blieb ruhig liegen, indem er durch die Spinnwebe blickte.

»Ach«, sagte er, »drei holdselige Fräulein auf einmal, und die eine hat gar ein Diadem auf. Wo kommen Sie denn her? Ich habe Sie noch nie gesehen, und ich kenne doch alle Prinzessinnen mit Diademen in der Nachbarschaft.

Da lachte die kleine Spinnenprinzessin und sprach: »Wir kommen aus dem Land nirgendwo und fahren auf Wagen ohne Rädern und Pferden in Wegen, die niemand sieht. Wer das rät, der weiß es.«

»Das ist zu schwer«, sagte der Prinz und sah sie unverwandt an, weil sie so niedlich lachte, »das rät niemand, nicht einmal der Kanzler meines Vaters, des Königs. Aber Sie werden gewiss hungrig sein von der Reise; ich werde Sie in mein Jagdschloss dort führen und Ihnen vorsetzen, was ich habe.«

»Wir danken«, antwortete die Prinzessin, »wir trinken weiter nichts als den Tau von unseren Schleiern, davon sind wir so blink und blank, so hübsch und schlank.« Und sie nickte ihm zu und lachte wieder.

»Das ist gewiss nicht wahr«, meinte der Prinz, »dabei kann es niemand aushalten. Zum Mindesten sollten Sie ein wenig bei mir ausruhen und meine Kunstwerke besehen. Ich besitze einen künstlichen Vogel, der sechs Lieder pfeift und dazu herumtanzt und mit den Flügeln schlägt; ferner einen Kammerdiener von Holz, mit Schrauben und Rädern im Inneren, der mich abends auszieht und zu Bett bringt, wenn ich auf seinen mittelsten Westenknopf drücke, und noch mehr dergleichen. Ich werde gleich aufstehen und Sie hinführen; ich will mir nur erst den Schlaf aus den Augen wischen.«

Er wischte über die Augen, aber er wischte nicht den Schlaf hinweg, sondern das Stück Spinnenschleier. Und als er nun nach den drei Fräulein sah, da waren die verschwunden; im Gras aber saßen auf Spinnwebe drei kleine schwärzliche Spinnen, die krochen, so schnell sie konnten, zwischen die Halme hinunter, und weg waren sie.

»Ich habe gewiss geträumt«, sprach der Prinz verwundert, und richtete sich auf; »aber es war ein reizender Traum; besonders die kleine Prinzessin mit dem Diadem war sehr herzig, und ich werde mich morgen gewiss wieder hierher schlafen legen, um noch einmal von ihr zu träumen.« Damit setzte er das Barett auf, nahm Spieß und Jägerhorn und ging in das Schloss zu dem Kunstvogel, um sich die sechs Lieder vorpfeifen zu lassen, denn er hatte alle Lust zum Jagen verloren.

»Habt ihr's gehört?«, sagte die Spinnenprinzessin, als sie alle drei wieder heraufkamen, »wir gefallen ihm sehr, und er wird morgen wieder hier schlafen. Warum sollen wir nicht hierbleiben und uns mit ihm unterhalten?«

»Ach«, rief das eine Kammerfräulein ängstlich, »es ist doch gefährlich, wenn es auch diesmal gut abgelaufen ist.

Er hat so dicke Stiefel an und er könnte einmal auf uns treten.«

»Dummes Zeug«, sprach die Prinzessin verdrießlich, »wenn wir nur schnell genug sind, schlüpfen wir allemal früher in das Gras, als er aufsteht. Wir werden ja sehen, wie lange uns die Unterhaltung mit ihm gefällt; doch höchstens ein paar Tage.«

Am anderen Tag konnte der Prinz kaum die Zeit erwarten, bis er gegessen hatte und müde wurde, und dann konnte er vor lauter Erwartung gar nicht recht einschlafen, als er wieder unter der Eiche lag. Endlich schlief er doch, und die Prinzessin selber legte ihm das Stück Schleier auf die Augen, und sie musste sich sehr dabei anstrengen, denn sie war ein gar zu winziges Ding von einer Spinne. Der Prinz fühlte, wie etwas sich über seine Augen legte, und im Aufwachen dachte er: »Aha, jetzt kommt der Traum.« Und da sah er sie auch schon alle drei.

Es war sehr hübsch wieder, wie sie sich unterhielten, diesen Tag, und auch den nächsten, und noch ein paar Tage.

Eines Morgens gab es kaltes Herbstwetter und Frühreif.

»Wir müssen fort«, sprachen die Kammerfräulein zur Prinzessin. »Jetzt kommt die Zeit, wo der Tau friert, und dann haben wir keine Nahrung mehr. Wir müssen uns eilen, dass wir nach Hause kommen.«

»Ja, wir müssen nach Hause«, antwortete die kleine Spinnenprinzessin traurig. »Es ist recht schade, aber es hilft nichts, und heute Mittag wollen wir Abschied nehmen.« Und sie kostete, wie kalt der Tau schon war.

»Sie sind sehr betrübt heute«, sagte der Prinz, als sie nach Mittag eine Weile zusammen gesprochen hatten. »Fehlt Ihnen etwas?« Ich kann Ihnen freilich nicht helfen, denn ich träume ja nur von Ihnen, aber ich möchte Sie doch trösten.«

»Es ist nur, weil wir uns heute zum letzten Mal sehen, denn unsere Zeit ist um, und in ein paar Stunden reisen wir ab«, sprach die Spinnenprinzessin.

Als der Prinz das hörte, fuhr er vor Schrecken auf, und da er die Spinnwebe über den Augen fühlte, wischte er sie wieder weg; aber damit wischte er auch das Bild weg. Nun war es ihm doch, als müsse er munter gewesen sein, während er mit den drei Fräulein gesprochen hatte. »Sie sind am Ende rasch fortgehuscht«, dachte er bei sich, »und irgendwo hinter den Bäumen finde ich sie.«

Er suchte eine Stunde lang, aber er fand nichts. »Ach«, sprach er, indem er zum Schloss ging, »es war doch nur ein Traum. Aber wenn es wahr ist, dass ich nie mehr so schön träumen werde, dann möchte ich lieber nicht mehr leben.«

Die drei Fräulein saßen im Gras und zupften ihre Schleier länger, denn sie hatten viel davon abgerissen. Sie brauchten nur zu zupfen, dann dehnten sich die so lang, als sie wollten. Und sobald ein Windstoß über das Gras fuhr, lockerten sie die Schleier und flogen auf, weit über die Eichenwipfel hin, auf denen die Abendsonne glühte.

Als es mitten in der Nacht war, schliefen die beiden Kammerfräulein, nur die kleine Spinnenprinzessin wachte und musste immer an den Prinzen denken. Sie sprach für sich: »Wenn ich nur wüsste, weshalb ich so traurig bin, dass ich nicht mehr bei ihm sein soll. Ich könnte es über das Herz bringen und wieder zu ihm fliegen. Ich kenne ein Spinnenfräulein, die für einen Winter zum Menschenkind geworden ist; sie hat sieben Tage Menschennahrung genommen, da war sie es, und als sie im Frühjahr sieben Tage keine genossen, da war sie wieder ein Spinnenfräulein. Was er für Augen machen würde, wenn ich als Menschenfräulein zu ihm käme! Ich brauche ja nur sieben Tage lang keine Menschenspeise zu essen, sobald ich später einmal wieder zum Spinnenfräulein werden will.«

Sie saß und sann, und zupfte heimlich ihren Schleier ab mit den Spinnenfüßchen. Und als das letzte Fädchen zerrissen war, fuhren die beiden Kammerfräulein in tiefen Schlaf weiter, aber die kleine Spinnenprinzessin saß zitternd auf ihrem Schleierchen und ließ sich tiefer und tiefer. »Dorther sind wir gekommen, wo der helle Stern steht«, dachte sie, und endlich fand sie einen Wind, der gerade dorthin wehte, und ließ sich treiben. Als der Morgen tagte, war sie über den Eichen und bald nachher auf der tauigen Wiese.

Mittags kam der Prinz und legte sich schlafen. »Jetzt will ich die Probe machen«, sagte er traurig und schloss die Augen. Und nachher zog die kleine Spinnenprinzessin das Schleierchen darüber und sprach: »Sehen Sie mich? Ich bin doch wieder zu Ihnen gekommen.« Sie wollte dazu lächeln, aber es ging nicht recht, denn sie hatte etwas Herzklopfen. »Ach«, sagte darauf der Prinz, »nun bin ich wieder ganz glücklich. Wenn Sie wirklich bloß ein Traum sind, dann möchte ich nur immer träumen; aber noch lieber wäre es mir, wenn Sie eine wirkliche kleine Prinzessin wären.«

»Soll ich?«, fragte die Prinzessin, und jetzt lächelte sie. »Halten Sie einmal die Augen ganz fest zu.«

Sie zog ihr Schleierchen ab und wickelte sich siebenmal hinein.

»Jetzt!«, rief sie. Und da öffnete er die Augen und sah die Spinnenprinzessin ganz in zarte weiße Schleier gewickelt. Ihr Gesichtchen war wie eine Rosenknospe, und als er sie küssen ging, küsste sie ihn wieder, und als sie küssenssatt waren, gingen sie in das Schloss. Das waren einmal zwei glückliche Leute!

Sieben Tage aß die Spinnenprinzessin, bis sie ganz ein Menschenfräulein ward: Am ersten Tag Milch, am zweiten Honig, am dritten Apfelmus, am vierten Kuchen, am fünften Semmel, am sechsten Brot, am siebenten eine gebratene Taube. Dann konnte sie alles essen. Der Prinz zeigte ihr alle seine Kunstwerke, jeden Tag ein neues, denn er hatte das ganze Schloss voll. Er nahm sie auf sein Pferd und ritt mit ihr, oder er fuhr sie in seinem Wagen; und manchmal gingen sie auch spazieren. Im ganzen Schloss war außer ihnen niemand als ein Kammerdiener und dessen Mutter, die jetzt die Kammerfrau der Prinzessin wurde.

Als der Winter kam, unterhielten sie sich bloß im Schloss. Ganze lange Abende saßen sie am Kaminfeuer und die kleine Spinnenprinzessin erzählte, was sie auf ihren Reisen gesehen hatte, von dem Meer, das so viele Sonnen spiegelt, wie Wellen darauf sind, und das so schauerlich dunkel und voller Abgründe und tosender, weißköpfiger Wasserberge ist, wenn es stürmt; von himmelhohen Gebirgen, die ganz ähnlich aussehen wie die Wasserberge des Meeres, nur dass sie ganz starr und regungslos stehen, und statt weißen Schaumes haben sie oben weißen Schnee, aber es tost und rieselt auch von Wasser dort, und manchmal hängen dunkle Sturmwolken tief zwischen die Berge hinunter. Sie erzählte auch von wunderbaren Städten mit Prachtpalästen aus Marmor, die nachts in Hunderttausenden von Lichtern strahlen - es war gar nicht auszusagen, was sie alles gesehen hatte. Und wenn sie müde waren, küssten sie sich und sagten sich gute Nacht.

»Nein«, dachte die kleine Spinnenprinzessin immer wieder, »es gibt doch nichts Schöneres, als ein Menschenfräulein zu sein. Ich werde es nun wohl immer bleiben und allen Spinnenfräulein, die ich sehe, werde ich raten, dass sie es auch werden.« Und ihre Augen glühten dabei vor Glück.

Eines Tages kam ein Wagen vor das Schloss gefahren, darin saß die alte Königin. Sie hatte es gar nicht begreifen können, dass der Prinz immer und immer noch nicht nach

Hause kam, denn das war noch nie passiert, darum wollte sie selber nachsehen, was ihm geschehen sei. Der Prinz und die Prinzessin waren eben ausgefahren, bloß der Kammerdiener kam ihr entgegen, den fragte sie: »Was macht denn mein Sohn, der Prinz?«

»Er ist eben ausgefahren, und die kleine Prinzessin mit dem Diadem, die bei ihm ist, auch dazu.«

»Nicht möglich«, sprach die Königin; »also er hat eine Prinzessin bei sich? Ich wüsste nicht, was das für eine sein könnte. Viel Gutes kann gewiss nicht an ihr sein.«

»Ich weiß es nicht«, sagte der Kammerdiener. »Niemand weiß, wer sie ist und wo sie her ist.«

Die Königin wartete im Schloss und endlich kamen die beiden angefahren, und oben fanden sie die Königin. »Das ist meine liebe Mutter«, sprach der Prinz, indem er ihr die Hand küsste, »und das hier ist meine liebe kleine Prinzessin.«

»Wer ist denn diese kleine Prinzessin?«, antwortete die Königin und ah sie mit so hässlichen Augen an, dass es der armen kleinen Prinzessin kalt über den Rücken lief.

»Sie ist weit her, und ich liebe sie über alles«, sprach der Prinz. »Erst habe ich sie nur immer im Traum gesehen und dann wollte sie abreisen; aber meinetwillen ist sie geblieben und lebendig geworden.«

»Sie wird es wohl wissen, dass sie nicht weit her ist«, nickte die Königin darauf, so recht garstig. »Und jetzt mag sie nur einstweilen gehen, weil ich mit dir ganz allein reden will.«

Das Spinnenfräulein machte traurig einen Knicks und ging hinaus.

»Mein Sohn«, sprach die Königin, »ich will, dass du dir jetzt eine Prinzessin zur Frau aussuchst, denn dein Vater ist alt und könnte unversehens sterben.«

»Ich will keine andere Frau, als die kleine Prinzessin dort«, meinte der Prinz und zeigte auf die Tür, durch welche sie gegangen war.

»Das wäre mir eine schöne Prinzessin«, rief die alte Königin. »Hat sie denn ein Land?«

»Ja, Nirgendwo heißt es.«

»Jawohl, Nirgendwo, weil es nirgendwo zu finden ist. Und hat sie einen König zum Vater, der dir mit seinen Soldaten helfen kann?«

»Davon hat sie nichts erzählt«, versetzte kleinlaut der Prinz.

»Und was ist sie denn für ein kleines Ding? Es ist gar nichts Majestätisches, Hoheitsvolles an ihr, wie an einer richtigen Prinzessin. Das ganze Land würde über solch eine Königin lachen. Komm nur in den Wagen hinunter, ich werde dich zu einer richtigen Prinzessin führen.«

Damit nahm sie ihn beim Arm und führte ihn die Treppe hinunter zu ihrem Wagen, und als er eingestiegen war, stieg sie nach und fort ging es. Er hatte gar keine Zeit gehabt, sich zu besinnen, so rasch war alles geschehen. Die kleine Spinnenprinzessin aber stand am Fenster; sie wusste gar nicht, warum sich ihr Herz zusammenzog, als sie den Wagen abfahren sah, und warum sie weinen musste.

»Es ist merkwürdig, dass ich daran nie gedacht habe«, sprach der Prinz unterwegs bei sich. »Sehr niedlich und unterhaltend ist sie, wirklich sehr herzig, aber etwas Majestätisches und Hoheitsvolles hat sie gar nicht. Es wird wohl nicht gut gehen, dass ich sie zur Königin mache.«

Wochen vergingen und der Prinz kam nicht in das Schloss zurück; er ließ auch gar nichts von sich hören. Es war so einsam im Schloss und draußen lag so viel Schnee. In den dürren Eichenwipfeln kreischten die Krähen, und die kleine Prinzessin stand immer am Fenster und sah nach der Richtung in der die Königin mit dem Prinzen verschwunden war, und weinte sich die Augen rot. »Er hat mich gewiss vergessen«, dachte sie. »Wenn es keine Königinnen gäbe, wäre er hiergeblieben. Ach, wenn es doch nur keine Königinnen gäbe!«

»Es ist nichts mit dem Prinzen!«, sagte eines Tages zu ihr der Kammerdiener, um den sie sich gar nicht gekümmert hatte. »Er wird Sie nicht heiraten, sondern eine andere Prinzessin. Aber seien Sie nur ganz ruhig, ich werde Sie heiraten, weil Sie mir so gut gefallen.«

»Ich will aber nicht«, sagte die kleine Spinnenprinzessin rasch. »Ich mag Sie gar nicht mehr leiden, seit Sie mir das gesagt haben.« Sie sah ihn zornig an, aber heimlich hatte sie Angst.

»Sie brauchen nicht so groß zu tun«, sprach der Diener und reckte die Faust in die Luft. »Es ist noch lange nicht ausgemacht, dass sie wirklich eine Prinzessin sind. Ich schieße Sie tot, wenn Sie mich nicht heiraten wollen; dann vergrabe ich Sie im Wald und dem Prinzen sage ich, Sie wären fortgelaufen. Es wird niemand nach Ihnen suchen.«

Die Prinzessin war halbtot vor Schrecken, als sie das hörte. »Ich will mir's ja überlegen«, sagte sie, »nur acht Tage geben Sie mir Zeit dazu.«

»Gut«, antwortete der Diener, »also acht Tage. Ich werde schon aufpassen, dass Sie nicht davonlaufen.«

Acht Tage lang saß die kleine Prinzessin am Fenster und sah sich fast die Augen blind und rang sich die weißen Händchen wund. Jeden Tag stand der Kammerdiener auf der Lauer, damit sie nicht entfliehen könnte, und des Nachts kam dessen Mutter in ihre Kammer und schlief dort. Am achten tag fuhr ein Wagen voller Menschen vorbei, der war mit Tannenreisern und bunten Tüchern geputzt, und die Menschen darauf schrien: »Hurra!«

»Sehen Sie«, sprach der Kammerdiener, der eben hereintrag, »das bedeutet, dass heute der Prinz mit einer anderen Prinzessin Hochzeit hält, aber mit einer wirklichen, die großartig schön und majestätisch ist. Nun tun Sie am besten meine Frau zu werden.«

»Ach«, versetzte die arme kleine Spinnenprinzessin, »so muss ich doch wenigstens acht Tage Trauerzeit haben. Acht Tage sind ja bald herum.«

»Das sehe ich ein«, meinte er. »Ich werde noch acht Tage warten, aber länger nicht.«

»Nun werde ich keinen Bissen mehr essen«, dachte sie und drückte die Händchen auf das Herz, das ihr weh tat; »ich werde wieder eine richtige Spinnenprinzessin und zuletzt eine kleine Spinne werden. Dann werde ich verhungern und erfrieren.«

Sie ließ sich einen großen Jagdhund heraufbringen und sagte, das wäre, weil sie so große Langeweile hätte. Aber dem Jagdhund gab sie ihr Essen, und wenn die Mutter des Kammerdieners abdeckte, waren die Schüsseln und Teller immer leer gegessen. Als sie sieben Tage gehungert hatte, machte sie ein Fenster auf, an dem der Wind hinfegte, wickelte siebenmal ihren Schleier um sich und stand beim siebten Mal im Fenster. Da war der Schleier plötzlich eine Spinnwebe und sie flog als kleine Spinne hinaus in den Wintertag, hoch über die dürren Eichenwipfel. Endlich sah sie ein Astloch in einer Eiche, ließ sich nieder und kroch hinein, und nun schlüpfte sie frierend in die dichtesten Spinnwebfalten hinein und dachte: »Jetzt muss ich sterben; das ist mir auch das liebste.« Damit schlief sie ein.

Aber die schlafenden Spinnen erfrieren im Winter nicht.

Eines Tages saß eine Drossel auf dem Ast und schlug, davon wachte die Prinzessin auf, und es war ihr, als hätte sie nur einen bösen Traum gehabt. Sie zog ihr Schleierchen an das Tageslicht: Da wehte die Luft so weich und lieb und die Eichen hatten Blätter, junge, rote, flatterige

Blätterchen, denn es war Frühling. Und die arme kleine Spinnenprinzessin flog abermals auf. »Ich will nun nach Hause«, dachte sie; »ich fliege nie wieder in die Welt hinaus, denn es ist gefährlich, das habe ich nun gesehen.«

Tief in den Eichen sah sie von oben zwei Menschen reiten, das eine war der Prinz, das andere eine hohe stattliche Prinzessin, seine Frau. Die Pferde galoppierten, und die beiden saßen so gerade und stolz im Sattel!

»Das ist er«, sagte die Spinnenprinzessin für sich. »Wenn ich ihn nur nicht so lieb gehabt hätte!«

Tag und Nacht flog sie, bis sie nach Hause kam, und es ist unaussprechlich, welche Freude die Spinnenfräulein hatten, als sie ihre Prinzessin wieder sahen. »Ich bin nun ein Menschenfräulein gewesen«, sagte sie, »und weiß, wie es den Menschen zumute ist; das wollte ich bloß kennenlernen.«

»Ich kann mir gar nicht denken, dass es sich der Mühe lohnt«, warf ein Spinnenfräulein hin, das noch sehr klein war.

»Ach«, antwortete die Spinnenprinzessin, »sie haben etwas, das ist über alle Begriffe schön, nämlich, wenn zwei sich lieb haben. Aber nachher geht eines von den beiden und heiratet, und das ist zum Sterben traurig, wir kennen gar nichts, was so traurig wäre. Es ist ein Wunder, dass ich noch am Leben bin, und reisen werde ich nie wieder.«

»Dann werde ich gewiss nie ein Menschenfräulein«, sagte das kleine Ding; »das Reisen ist schon herrlich genug, damit bin ich ganz zufrieden.« Und die Prinzessin nickte und ihre Augen blickten weit in die Ferne, als wenn sie träumte.

Die Schneckenpost.

Der Abend war kühl und die Luft feucht, denn es hatte einen Gewitterregen gegeben. Die scheidende Sonne blinzelte müde über den Wiesenweg und in den Wald von nassen Grashalmen und Blütenstängeln zu dessen Seiten, und die Regentropfen, die allenthalben hingen, funkelten wie glühend zwischen dem Grün.

Unter einem fetten Wegbreitblatt lag eine große Schnecke auf ihrem Haus; sie hatte sich satt gefressen und wollte noch etwas nachdenken. Aber es fiel ihr nichts ein. Sie dachte so langsam! Meistens wenn sie einen Gedanken beinahe hatte, war sie so müde von der Anstrengung, dass sie ihn wieder laufen ließ, in ihr Haus kroch und einschlief.

Eben kamen zwei Paar Stiefel vorbeigegangen; von den Leuten, die dazu gehörten, konnte sie unter dem Blatt nichts sehen. Aber sie hörte, dass jemand sprach: »Nützlich muss man sich machen in der Welt; seine Gaben und Kräfte gebrauchen muss man, um das allgemeine Wohl zu fördern. So erwirbt man sich Achtung und Liebe. Aber er lebt wie eine Schnecke: Wenn er Hunger hat, kriecht er aus seinem Haus, und wenn er satt ist, kriecht er wieder hinein und kümmert sich um nichts.«

Weiter konnte die Schnecke nichts verstehen; aber nun hatte sie einen Gedanken: Nützlich muss man sich machen. »Ich werde es tun«, sagte sie für sich. »Ich werde das allgemeine Wohl fördern; das hätte ich schon lange getan, wenn es mir nur eingefallen wäre. Aber wie fange ich das an? Und nun dachte sie wieder nach und wurde ordentlich eifrig dabei; man sah es daran, dass sie schwitzte. Indes war es umsonst, sie verfiel auf keine Idee.

Eben kam ein Johanniswurm durch das Gras gekrochen. Er hatte schon seine Laterne angezündet, obwohl der Abend noch hell genug war. Als er die Schnecke so tiefsinnig liegen sah, kroch er zu ihr hinüber. »Ei, ei, noch so spät auf?«, sagte er. »Sonst ist doch das Haus um diese Zeit immer schon geschlossen?«

»Schweige«, antwortete die Schnecke ärgerlich, »und störe mich nicht, denn ich denke über eine wichtige Sache nach: Ich werde nunmehr das allgemeine Wohl fördern, sobald ich gefunden haben werde, wie ich das machen kann.«

»Herrlicher Gedanke!«, rief schwärmerisch der Johanniswurm, der sehr feuriger Natur war. »Ich werde das auch tun. Ich besitze eine Laterne, die, wie ich glaube, ein recht gutes Licht gibt: Man kann dabei fast hundert Grashalme weit sehen. Wie leicht ist es, damit Gefälligkeiten zu erweisen, ja sogar Unglücksfälle zu verhüten!«

»Aber ich!«, sagte die Schnecke. »Es kostet Kopfzerbrechen, ehe sich für mich eine Art findet, wie ich das allgemeine Wohl fördern kann.«

»Du hast ein Haus«, meinte der andere nachdenklich.

»Richtig«, antwortete die Schnecke, »aber es hat gerade nur für mich Platz.«

»Ich hab's«, fuhr der Johanniswurm auf, »oben drauf ist Platz zum Sitzen. Das gibt eine Postkutsche – eine Postkutsche – die ist gar nicht schöner auszudenken!«

»Wirklich!«, sprach erfreut die Schnecke. »Wie glücklich du bist, dass dir alles gleich so rasch einfällt.«

»Mehr noch! Jetzt was mich betrifft. Zu einer Post gehört ein Postillion, und zwar einer mit einer Laterne. Ich bin wie dazu geschaffen. Ich kann auch die Zügel liefern; nur ein kleines Stückchen von hier hängt etwas Altweibersommer, ganz zusammengedreht, das werde ich dir an die hinteren Hörner binden. Es wird wir gar nicht weh tun!«

»Wie du dir alles ausdenkst! Es ist ein Wunder«, meint die Schnecke in hellem Erstaunen. »Das allgemeine Wohl kann zufrieden sein, dass sich so einer, wie du bist, um dasselbe bekümmert.« Und sie saß und wartete, bis der Johanniswurm den Zügel geholt und die Enden an die Hörner gelegt hatte. Dann stieg der auf das Schneckenhaus, nahm die Zügel, hielt seine Laterne hoch und sagte: »Hü! Jetzt kann's losgehen.«

»Wohin denn aber?«

»Immer geradeaus auf den Wiesenweg.«

Die Schnecke kroch vorwärts, und sie war seelenvergnügt dabei, obschon sie sonst die Anstrengungen nicht sehr liebte und jetzt eigentlich ihre erste Schlafzeit war. Die Postkutsche mit dem Postillion darauf nahm sich sehr gut aus; sie war sauber gewunden und poliert, und wenn ihre weiße Färbung auch nicht gerade schneerein war, so lief dafür ein brauner Streif höchst zierlich auf der Höhe der Windungen entlang wie eine Uhrfeder. Dazu gab die Laterne ein schönes grünes Licht. Der Wiesenweg war sehr nass, aber das war der Schnecke eben recht, wenigstens viel lieber, als wenn er staubig gewesen wäre.

»Aha«, sagte der Johanniswurm oben, »da kommt schon jemand, der uns brauchen kann. Wollen Sie nicht auf unsere Postkutsche steigen, mein Fräulein?«

Es war ein Marienkäferchen, das er anrief, eine kleine dicke Person mit schwarzer Bluse und rotem Rock, der voller schwarzer Punkte war. Das watete in dem Kot, und man sah, dass ihm dies schwer wurde, denn es blieb manchmal stehen und schaute sich ängstlich um.

»Warten Sie«, fuhr der Johanniswurm fort, »wir werden gleich bei Ihnen sein. Hü! Es geht etwas langsam, aber besser schlecht gefahren als schlecht gegangen.« Und die Schnecke machte eine außerordentliche Anstrengung: Nur fünf Minuten dauerte es, da konnte das Marienkäferchen auf die Postkutsche kriechen.

»Sie sind sehr gütig«, sagte es. »Ich kann doch umsonst fahren?«

»Natürlich«, nickte der Johanniswurm. »Wir haben uns dem öffentlichen Wohl gewidmet.«

»Davor muss man alle Achtung haben«, war die Antwort. »Ich möchte gern heute Abend noch zu einer Schwester, die dort in den Kletten wohnt, aber bei dem Weg wäre es wahrscheinlich doch nicht gegangen. Überall bleibt man stecken, gar nicht davon zu reden, wie abscheulich man sich die Kleider beschmutzt.«

»Es ist richtig«, dachte die Schnecke und wackelte vergnügt mit den Hörnern. »Da ist schon eine Person, welche Achtung vor uns hat. Bloß die Liebe fehlt noch, die wird aber gewiss auch noch kommen. Ich hätte nicht gedacht, dass es so angenehm wäre, wenn man Achtung genießt; ordentlich stolz wird man davon.«

Währenddessen saß das Marienkäferchen oben und putzte mit den Füßchen sein rotes, schwarzpunktiertes Kleid ab. Als es damit fertig war, sah es sich um, und da musste es seufzen. »Ach«, sagte es, »wie langsam das geht! Es ist sehr bequem zu fahren, aber zu Fuß wäre ich schon zehnmal weiter.«

»Das ist wahr«, meinte der Johanniswurm, »aber man muss auch vorsichtig sein, wenn man auf einem so schlechten Weg fährt; das tun alle Fuhrleute. Übrigens könnte es daran liegen, dass ich keine Peitsche habe; ich werde mir gleich eine besorgen. Brrrrr!«

Er zog die Zügel an, die Schnecke hielt und er holte sich ein trockenes Hälmchen, das im Weg lag. »So, jetzt kann's weiter gehen; aber ein bisschen schneller, weil ich jetzt eine Peitsche habe.«

»Ich werde alle Kraft zusammennehmen«, sagte die Schnecke vorn; »unser Passagier soll gewiss zufrieden sein.« Und nun zog sie mit einem kräftigen Ruck an und schob vorwärts, dass sie vor Eifer das Plumpsen hinter sich gar nicht hörte.

»He, zum Kuckuck«, schrie der Johanniswurm; »sehen Sie jetzt, wie gefährlich es ist, auf solchem Weg schnell zu fahren?« Und das Marienkäferchen jammerte: »Ach du lieber Himmel, mein ganzes schönes Kleid, wie das nun aussehen mag!« Sie waren nämlich beide durch den unerwarteten Ruck heruntergefallen, und gerade in eine Pfütze.

»Ich fahre gewiss nicht weiter«, sagte das Marienkäferchen, »ich will lieber dort unter einem Blatt die Nacht bleiben und morgen früh weiter gehen.«

»Nein, das dürfen Sie uns nicht antun«, beschwichtigte der Johanniswurm, »sonst haben wir gar kein öffentliches Wohl, für das wir sorgen können. Sie müssen unbedingt wieder auf den Wagen steigen; dort werde ich Sie abputzen. Wir haben Gott sei Dank eine Laterne, dass wir ordentlich dazu sehen können. Und das Ganze war ja doch ein Abenteuer, Sie werden noch manchmal davon erzählen.« Während er das sagte, schob er auch schon das Marienkäferchen zu dem Schneckenhaus und half ihm hinauf, worauf er die Zügel nahm und nachstieg. Sie waren eben dabei, das schwarzpunktierte, rote Kleid zu säubern, indes die Schnecke sich vorsichtig und kleinlaut weiterbewegte, als sie ein gewisses Schnurren hörten, das sehr ängstlich klang.

»Oho«, sagte der Johanniswurm und richtete sich auf, »da ist etwas in Gefahr.«

Er wandte sich um und sah, dass sie vor einer ringförmigen Pfütze standen, die ein Stück Weg wie eine Insel umschloss. Auf der Insel konnte man in der beginnenden Dämmerung mehrere Personen erkennen, die sich hin und her bewegten – wie es schien eine kleine dicke Raupe und ein paar Ameisen. Aber der Hilferuf kam nicht von denen, sondern von einer Biene, die mit den Vorderbeinen an einen Strohhalm geklammert mitten im Wasser schwamm. Sie ruderte zwar was sie konnte, allein sie kam nicht vorwärts, sondern der Strohhalm drehte sich mit ihr immer im Kreis herum.

»Gevatterin«, schrie der Johanniswurm zur Schnecke hinunter, »dort ist Holland in Not! Eine so schöne Gelegenheit, für das öffentliche Wohl zu sorgen, finden wir nicht leicht wieder. Aber wir müssen mitten durch das Wasser fahren.«

»Natürlich!«, antwortete die Schnecke; »wenn es nicht zu tief ist.«

Das Marienkäferchen lief vor Angst auf dem Wagen hin und her. »Durch das Wasser?«, wehklagte es. »Nein, dazu bringt ihr mich nicht; ich werde ganz schwindelig, wenn ich in das Wasser sehe. Lasst mich hinuntersteigen; ich bleibe irgendwo über Nacht.«

»Wie es gefällig ist«, sagte der Johanniswurm jetzt; »wir brauchen Sie nicht mehr, denn jetzt haben wir öffentliches Wohl in Hülle und Fülle, und es wird wirklich eine gefährliche Fahrt. Steigen Sie nur hinunter und grüßen Sie Ihre Schwester.«

Das Marienkäferchen ließ sich hinab und watete so schnell es ging nach den Wiesengräsern hinüber. Und die Schnecke rutschte in das Wasser.

Auf der Insel kam alles an das Ufer und sah zu, wie sie der Biene immer näher gelangten. »Halten Sie sich nur oben«, schrie der Johanniswurm.

»Hier kommt die Post und Sie werden auf einen Wagen steigen können.«

Zum Glück war das Wasser für die Schnecke seicht genug und der Weg nicht zu weit; nur zehn Minuten brauchte die Biene zu warten, da konnte sie auf das Schneckenhaus kriechen, und dort saß sie ein Weilchen ganz erschöpft und holte nur immer tief Atem. Endlich schüttelte sie sich, dass es stäubte, begann eifrig ihre Gliedmaßen zu reiben und ließ darauf ihre Flügel mit großer Geschwindigkeit zittern.

»Ha«, brummte sie, »jetzt wird mir wieder wohl. Im ganzen Bienenstock sollen Sie berühmt werden, und ich werde sogar der Königin von Ihnen erzählen. Kann ich Sie mit irgendetwas belohnen?«

»Nein«, sprach der Johanniswurm. »Wir haben uns dem allgemeinen Wohl gewidmet, und da nimmt man keine Belohnung. Aber Sie könnten mir sagen, wie es gekommen ist, dass Sie fast verunglückt wären.«

»Ich hatte ein Abenteuer«, antwortete die Biene, »mit einem Menschen, einem von der Art, wissen Sie, die lange Zöpfe und Unterröcke trägt und kleine leblose Puppen in Wagen herumführt. Dieser Mensch also schlägt mich mit einem Tuch, was ich mir als Kavalier nicht gefallen lassen kann. Drauf! Sage ich bei mir. Ich fliege, teils des Anlaufs wegen, teils um den Feind sicher zu machen, ein Stück weg, worauf ich mich umdrehe. Und sehen Sie, wie der Blitz sitze ich auf seiner Nase. In diesem Augenblick erschallt dicht unter mir das fürchterlichste Geschrei von der Welt. Keiner von Ihnen hätte es ausgehalten. Meine Füße erlahmen, ich fange an zu wanken und falle hinunter. Mittlerweile dreht der Mensch sich um und begibt sich unter Zurücklassung allen Gepäcks, das aus einem Puppenwagen mit Puppe sowie einigen Kirschen besteht, auf die eiligste Flucht. Die Kirschen behandelte ich als wohlerworbene Kriegsbeute, und ich kann wohl sagen: Sie waren sehr süß.«

»Sie sind von einer heldenmütigen Tapferkeit«, meinte hier der Johanniswurm. »Ich bewundere Sie. Ich würde niemals so viel Mut haben, auch wenn ich eine Waffe hätte.«

»Hören Sie weiter«, fuhr die Biene fort. »Nachdem ich also tüchtig getrunken, fliege ich meines Weges. Weiß der Himmel – war es die Regenluft oder hatte ich zu viel Kirschsaft zu mir genommen: Kurz wie ich auf das Wasser hier komme, ergreift mich der Schwindel und ich falle hinein. Ich schwimme so lange meine Kräfte reichen, aber ich komme nicht an das Ufer; ich erfasse endlich den Halm, aber ich sehe bald ein, dass ich nicht lange mehr imstande sein werde, ihn festzuhalten, denn das viele Wasserschlucken macht schwach. Da höre ich Ihren Zuruf – kurz, das andere wissen Sie ja.«

»Wie ist Ihnen denn jetzt zu Mute?«

»Ich brauche eine Magenstärkung; am liebsten hätte ich einen Lindenblütenlikör, der erwärmt, und ich glaube, ich kann schon wieder fliegen. Leben Sie wohl; Sie haben Anspruch auf meine volle Dankbarkeit.«

Die Biene flog erst zur Probe auf die Insel die ganz nahe war und dann gleich weiter. Nach wenigen Augenblicken war sie in der Dämmerung verschwunden.

Am Ufer standen die Ameisen als die Schnecke ganz erschöpft auf das Land rutschte. Sie waren schmuck und schlank wie kleine Leutnants. »Unsere Hochachtung!«, sagten sie. »Wir gratulieren Ihnen; Sie haben der Biene das Leben gerettet und Sie werden berühmt werden, denn die Biene kommt weit herum.«

Die kleine dicke Raupe sagte gar nichts und kam auch nicht näher. Sie war noch jung und etwas schüchtern.

»Wir wollen nur noch ein wenig ausruhen«, sprach der Johanniswurm, indem er abstieg. »Nachher geht die Fahrt weiter. Dies hier ist eine Post, die sich dem allgemeinen

Wohl gewidmet hat, und ich bin der Postillion mit der Laterne. Ich vermute, dass Sie von der Überschwemmung überrascht und auf diese Insel festgesetzt wurden, und dass Ihnen daran liegt über das Wasser zu gelangen.«

»Freundchen«, meinte die Schnecke, »sollen wir nicht bis morgen warten? Ich könnte umfallen vor Müdigkeit!«

»Wo denkst du hin!«, erwiderte der Johanniswurm. »Eine so schöne Gelegenheit, sich nützlich zu machen, kommt nicht alle Tage, und man muss sie benutzen. Mut und Festigkeit! Die Herrschaften rechnen darauf, dass wir ihnen helfen.«

»Ruhen Sie sich ein Weilchen aus«, sprach die eine Ameise. »Sie brauchen sich bei der Fahrt nachher nicht zu übereilen. Ich kann allerdings sagen, dass uns außerordentlich viel daran liegt, heute noch nach Hause zu kommen, da wir eine wichtige Nachricht zu überbringen haben.«

»Hörst du?«, rief der Johanniswurm feurig. »Diese Fahrt wird eine Wichtige sein. Man muss sich's etwas kosten lassen, wenn man das allgemeine Wohl fördern will.«

»Ja, ja«, seufzte die Schnecke für sich, »es ist etwas Schönes, aber außerordentlich anstrengend; ich hätte das nicht gedacht.« Und sie lag eine Weile still und zog die Hörner ein. Indessen erzählten die Ameisen von dem großen Regen und der Überschwemmung, und wie sie Mühe gehabt hätten, einen erhöhten Punkt zu erreichen, wo sie vor dem Wasser gesichert waren. Sie beschrieben das sehr unterhaltend.

»Man sollte nicht glauben, wie viel Abenteuer in der Welt passieren«, sagte zuletzt der Johanniswurm, »und wie viel Gelegenheit man hat, sich nützlich zu machen. Aber es wird Zeit, dass wir weiter fahren. Aufsteigen, aufsteigen, meine Herrschaften. Sie wollen doch auch mitfahren, Fräulein?«

Damit redete er die Raupe an.

»Ach ja«, antwortete diese, »wenn ich darf. Ich habe großen Hunger und hier wächst gar nichts.«

Es wurde schon dunkel, als die Schnecke sich in Bewegung setzte, und der Johanniswurm ließ seine Laterne mit aller Kraft schimmern. Das Wasser, in das sie kamen, glitzerte davon. Die Passagiere waren schläfrig und sagten nicht viel. Bloß einmal bemerkte die eine Ameise: »Ich weiß nicht, es ist mir, als ob es noch ein Unglück gäbe. Ich wollte, dass wir das Wasser erst hinter uns hätten.«

In einiger Entfernung wurde ein Getöse hörbar, das näher kam. Zugleich flatterte ein Schmetterling herbei, schwebte ein paar Augenblicke über den Postwagen und setzte sich dann zu der Gesellschaft. »Guten Abend«, sagte er. »Nur auf einen Augenblick, wenn es erlaubt ist. Ich hörte einen Lärm und habe immer etwas Angst, es könnte das Verhängnis sein, darum habe ich mein Nachtquartier verlassen und werde mir ein anderes suchen.«

Wie reizend er war! Bei der Laterne konnte man es sehen. Seine Flügel waren inwendig so blau wie der Himmel, auswendig aber trug er die zierlichen bunten Augen darauf. Die Raupe sah in nur immer an und sagte endlich leise: »Ach, so schön! Sie sind wohl der Vogel Phönix, von dem die Schwalben erzählen?«

»Kleine Unschuld«, lachte der Schmetterling, »ich bin ja nur aus der Verwandtschaft!«

»Aber ich sehe doch ganz anders aus«, meinte die Raupe mutiger. »Ich bin so hässlich; ich werde gewiss niemals Flügel haben.«

»Nur Geduld, Herzchen! Hast du schon ein paarmal deine Kleider gewechselt?«

»Ja«, sagte die Raupe. »Es tat recht weh.«

»Das wird dir noch öfter passieren, meine Kleine; es geht nicht anders. Zuletzt wirst du gar eines Tages in einem bloßen Sack stecken. Wenn dir noch so übel und weh dabei wird, glaube nur nicht, dass du sterben musst; es ist alles nur ein Übergang. Hast du den Sack abgestreift, so bist du schön wie ich. Aber das verstehst du nicht, man muss es erlebt haben.«

»Wenn es doch wahr wäre!«, versetzte die Raupe. »Kann ich dann auch fliegen?«

»So viel du willst. Du wirst glücklich sein, sage ich dir. Du brauchst nichts zu essen als Honig, der tausendmal besser schmeckt als die saftigsten Blätter, und du darfst dir die schönsten Blumenpaläste zu Wohnungen aussuchen. Wir sind die beneidenswertesten Geschöpfe in der ganzen Welt.«

»Knarr!«, tönte es seitwärts vom Postwagen. Es waren zwei Stiefel, die mit ihrem Besitzer von der Wiese kamen, schwere plumpe Bauernstiefel, hässlich und schmutzig. Sie traten eben noch ein Stück Graswald nieder, dass es knisterte und krachte.

Auf dem Postwagen geriet alles in Aufruhr. »Ich habe es geahnt«, sagte die Ameise. »Das kann uns das Leben kosten.« – »Gott, was ist das?«, fragte die Raupe zitternd; und der Schmetterling antwortete: »Es ist richtig das Verhängnis; man muss sich aus dem Staub machen, dass man nicht von ihm erwischt wird. Adieu Kleine!« Damit flog er fort.

In diesem Augenblick gewahrte auch die Schnecke die beiden schwarzen Ungeheuer und verlor in der Angst die Fassung. Blitzschnell zog sie die Hörner ein und rutschte, unbekümmert um ihre Passagiere, in den Wagen zurück: Der aber fiel um, und da lag die Gesellschaft im Wasser. Eben patschte der eine Stiefel dicht neben ihnen in die Pfütze, der zweite glitt über sie hinweg, dann der erste nach ihm – und schon hörte man sie wieder drüben im Graswald knarren.

Die Schnecke kam während der ganzen Nacht nicht mehr zum Vorschein. Als sie frühmorgens aus dem Haus kroch, war nur der Johanniswurm bei ihr; vom Wasser war nichts mehr zu sehen, das hatte sich verlaufen.

»Guten Morgen, Freundchen«, sagte sie. »An diese Nacht werde ich mein Leben lang gedenken. Was ist denn aus den anderen geworden?«

»Sie haben die Nacht über auf dem Postkasten gesessen, und in aller Frühe sind sie weitergegangen. Aber die Mühe, ehe sie alle aus dem Wasser hinauf kamen! Besonders die Ameisen rutschten immer wieder zurück. Und gefroren haben wir, dass ich noch ganz steif bin. Aber jedenfalls ist dir das öffentliche Wohl allen Dank schuldig, denn ohne dich wären wir ertrunken.«

»Weißt du«, sagte die Schnecke, »nun lass mich mit dem öffentlichen Wohl in Ruhe; ich habe genug davon. Eine schöne Sache ist das, und man erwirbt sich Achtung damit und wird sogar vor Königinnen berühmt; aber man hat zu viel Mühe dabei, schreckliche Mühe, und dann kann es auch gefährlich werden, das ist das Allerschlimmste. Wenn man sonst seinen Schlaf und sein richtiges Essen hat, so soll man dabei bleiben, das ist jetzt meine Ansicht.«

Sie war schon ein ganzes Stück weitergekrochen, ehe der Johanniswurm sich von seinem Staunen über diese Rede erholen konnte, denn es war die längste, die sie jemals gehalten hatte. Aber eine richtige Schneckenrede war es!

Der Brautspiegel.

Es hat mir einmal einer die Geschichte von dem Brautspiegel und dem kleinen Herrn Leisegang erzählt, als ob sie ihm passiert wäre. Aber sie ist gewiss nur ein Märchen. Er erzählte ungefähr so:

Als ich ein halbwüchsiger Knabe war, etwa zwölf Jahre alt, da hatten wir eben die Franzosenzeit hinter uns, in der so viele Zöpfe abgeschafft worden sind. Auch die Zöpfe, die bis dahin die Männer getragen hatten, weil es so Mode gewesen war. Nur einige alte Käuze, welche die Veränderung nicht liebten, ließen sich fort und fort ihren Zopf einbinden, wenn sie dazu am Hinterhaupt noch Haar genug hatten, und wenn nicht, so trugen sie ihre Zopfperücke. Es kümmerte sie wenig, dass sie von der lieben Jugend deswegen geneckt wurden.

In meinem Heimatstädtchen hatte nur einer die alte Zierde beibehalten, und das war der kleine Herr Leisegang, ein wunderliches, etwas verwachsenes Männlein. Er trug sich überhaupt sehr auffallend; auf dem Haupt hatte er einen Dreispitz, und im Übrigen einen grünen Frack voller Messingknöpfe oder sogenannten Jagdschniepel, dazu schwarzsammetene Kniehosen, seidene hohe Strümpfe und Schnallenschuhe. Es hieß, er habe diese Sachen von einem alten Baron bekommen, dem ein benachbartes Herrschaftsgut gehört hatte; das musste aber schon eine ziemliche Weile her sein, denn die Sachen waren sehr abgeschabt, wenngleich stets sauber gebürstet. Das Ergötzlichste an ihm war für uns Kinder jedenfalls der Zopf.

Ich habe später erfahren, dass er Magister gewesen war und Pfarrer hatte werden wollen; aber daraus ist nichts geworden. Er war bei dem alten Baron geblieben, bei dessen Sohn er Hauslehrer gewesen war, und der sollte ihn darum behalten haben, weil er sich auf gewisse geheime Künste verstanden hätte. Nach des Alten Tod lebte er einsam in einem Häuschen am Wallgraben von einer kleinen Gnadenpension aus des Barons Hinterlassenschaft.

Sehr sonderbar war es, womit er sich beschäftigte. Er war nämlich Freiwerber, das heißt, wenn ein junger Mann heiraten wollte, so half er ihm eine Frau aufzusuchen, und umgekehrt. Es gab noch ein paar solche Freiwerber in der Gegend, aber er war der berühmteste, denn wenn er einmal eine Sache in die Hand nahm, dann ruhte er nicht, bis sie gelang und das zukünftige Paar und die Eltern »ja« gesagt hatten, und alle Ehen, die er gestiftet, waren die glücklichsten von der Welt geworden. Freilich übernahm er auch nicht jede Ehestiftung. Manche jungen Leute schickte er mit dem Bescheid fort: Sie sollten unverheiratet bleiben, sonst würden sie unglücklich, und wenn sie darauf nicht hörten, so geschah das wirklich. Geld nahm er für seine Dienste niemals.

Für uns Kinder war ein lustiges Leben in der Stadt. Viel zu lernen brauchten wir damals nicht, und für den Zeitvertreib bot die Gegend alle Gelegenheit. Der Landstrich, in dem die Stadt lag, war zwar flach wie ein Teller; aber wir hatten zwei Teiche zur Verfügung, ferner ein Wäldchen, Gräben und Wälle bei der alten Stadtmauer, und mitten in der Stadt sogar ein altes Schloss mit Zugbrücke, Schlossgraben und einem unterirdischen Gang. Wir waren sehr zu beneiden! Endlich gab es genug Personen, wie wir ihrer für unseren Mutwillen bedurften; und mutwillig waren wir sehr, ich aber am meisten.

Zu diesen Personen gehörte eben der Herr Leisegang.

Hätte er freundlich mit uns gesprochen, oder wäre er lustig gewesen, so würden wir ihn nicht geärgert haben. Aber er war immer ernsthaft und gravitätisch, wenn er mit seinem dicken Bambusstock und dem wackelnden Zopf über die Straße ging, und er kümmerte sich um uns gar nicht. Deshalb traf es mich auch wie ein Blitz, als er das erste Mal Notiz von uns nahm und von mir ganz besonders.

Es war einmal in der Abenddämmerung, und wir trieben unser Wesen auf dem Pflaster. Da kam ein rothaariger Junge um die Marktecke gesprungen und brachte die Botschaft: »Herr Leisegang kommt.«

»Schnell, stellt euch an die Wand«, sagte ich, »wir sind der Gesangverein und wir wollen ihm eins singen. Ich werde euch gleich ein Lied machen.« Nun überlegte ich einen Augenblick, und dann war das Lied fertig. Es hieß:

Hückelchen, Pückelchen, Leisegang,
Hat einen Zopf drei Ellen lang,
Hat zwei Strümpf und keine Waden.
Hat zwei Beine wie ein Faden.

Herr Leisegang hatte wirklich sehr dünne Beine, aber es war doch ein recht ungezogener Vers. Ich machte den Gesangsmeister, schwang meinen Stock in der Hand und drehte der Straße den Rücken, deshalb mussten die Sänger mir ansagen, wann Herr Leisegang vorüberginge.

»Jetzt!«, sagte der eine, und nun schwang ich den Stock und der Gesangverein schrie:

»Hückelchen, Pückelchen, Leisegang,
Hat einen Zopf drei Ellen lang,
Hat zwei Strümpf und keine Waden.
Hat …«

Schon bei den ersten Worten schlichen sich etliche Sänger davon, und beim dritten »Hat« stob alles auseinander und ein Stock legte sich auf meine Schulter. Wie ich mich umsah, da stand Herr Leisegang vor mir, und seine schwarzen Augen blickten mich aus dem glattrasierten, faltigen Gesicht durchdringend an.

Ich wollte fort, aber ich war wie gelähmt. Herr Leisegang sagte nach einer Weile mit einer krächzenden Stimme: »He, wir sind ein kluger Bursch, weiß schon ... weiß schon; aber hier fehlt's, hier ...« und damit stieß er mit der Spitze seines dicken Bambusstockes auf meine Brust, gerade dahin, wo das Herz so heftig hämmerte.

Dann wandte er sich um und ging weiter.

Die verscheuchten Küchlein sammelten sich wieder. Sie wollten wissen, was er gesagt hätte, aber ich behielt es für mich, weil ich mich schämte.

»Du, er hat dich ja gestoßen«, sagte der Rothaarige, »das müssen wir ihm eintränken.« Jenes war richtig; ich fühlte noch immer den Stock auf der Brust, und dies Gefühl wollte sich nachher ein paar Tage lang nicht verlieren. Es ärgerte mich jetzt doch, dass er mich gestoßen hatte.

»Ja«, sprach ich, »dafür geben wir ihm noch etwas.«

»Denke dir noch ein Lied aus«, hieß es, »das singen wir, wenn er wiederkommt.«

»Wir wollen ihm ein Ständchen vor seinem Haus bringen«, entschied ich, »das ist etwas Neues.« Aber um das Neue dabei war es mir eigentlich nicht zu tun, sondern nur darum, dass er mich dabei nicht sehen sollte. Ich fürchtete mich vor den kleinen schwarzen Augen, die mich soeben durchschaut hatten.

Wir stürmten auf den Wall hinaus und warteten, bis er kam; wir sahen das nur an dem Licht, das sich jenseits des Grabens in dem kleinen Haus entzündete. Dies Häuschen war in die Mauer gebaut und hatte nach der Grabenseite keinen Ausgang; vor einem Überfall durch den Alten waren wir also sicher.

Als wir möglichst geräuschlos die Grabenwand hinauf kletterten, starrten uns die beiden hellen Fenster in der dichten Efeuberankung wie glühende Augen an. Es war schon dunkler Herbstabend. Ich versteckte mich etwas hinter den anderen, welche auch ein wenig kleinlaut geworden waren. Ich dachte an die Künste, die Herr Leisegang verstehen wollte, und es kam mir vor, als ob das Licht der Fenster bald heller, bald dunkler würde, und als ob sich wundersame Töne hören ließen wie von schnarrenden Saiten. Das neue Lied war schon vorher richtig einstudiert, und so fasste ich mir denn ernstlich ein Herz und gab das Zeichen. Und wie der Lärm des wilden Heeres tobte es:

»Herr Leisegang, Herr Leisegang,
Verschafft mir einen Mann!
Es koste, was es kosten mag.
Vier Groschen wend' ich dran.«

Wohl sechsmal wurde das wiederholt; immer fing einer aufs Neue an, wenn wir zum Schluss gekommen waren. Aber da geschah plötzlich etwas Überraschendes: Ein Strom hellen Lichtes, fast wie Sonnenlicht so hell schoss aus dem einen Fenster über uns hernieder, dass wir geblendet die Augen schließen mussten. Zuvor aber hatte ich noch mit schnellem Blick erkannt, dass im zweiten Fenster die Gestalt des Herrn Leisegang erschien, und dass derselbe anstatt der Perücke mit dem Zopf, eine weiße Zipfelmütze auf dem Kopf trug.

Nur ein paar Augenblicke verloren wir die Fassung, dann stürzte alles kopfüber den Abhang hinunter und kletterte drüben auf den Wall. Das war leicht genug, denn immer war es taghell um uns; bis auf den Wall verfolgte uns das gespenstische Licht vom Fenster des Herrn

Leisegang. Dann wurde es plötzlich dunkel, mit einem Schlag. Die Fenster drüben glommen trübe wie zuvor und wir verloren uns nach Hause, ohne recht zu wissen, wie wir dahin kamen.

Die Nacht träumte ich, der Spazierstock des Herrn Leisegang stände auf meinem Herzen; er hatte sich aber oben in ein dickes Licht verwandelt, wie sie der Küster immer in der Kirche anzündete, und Herr Leisegang kam im schwarzen Küsteranzug, den Flor über den Arm geschlagen, und steckte das Licht an. Es brannte so hell, dass mir die ganze Nacht die Augen wehtaten.

* * *

Den anderen Tag war mir nicht wohl zumute. Ich hatte eine unbestimmte Ahnung, als ob mir die Strafe des Herrn Leisegang drohe; gewiss hatte er mich bei dem wunderbaren Licht erkannt!

Ich lebte in der Stadt bei meiner Tante Salome, die mich sehr lieb hatte, aber im Ganzen streng hielt. Sie war unverheiratet und wohnte recht hübsch, und ich war der Schule wegen zu ihr getan worden, als meine Eltern auf das Land gezogen waren. Da saß sie denn am Nachmittag strickend, und ich nicht weit von ihr über den Schularbeiten, als es an die Türe klopfte.

»Herein!«, sagte Tante Salome.

Und herein trat Herr Leisegang.

Ich wollte vor Scham unter den Tisch sinken, als die kleinen schwarzen Augen mich streiften, und wurde rot bis über die Ohren. Doch kümmerte sich Herr Leisegang nicht weiter um mich, sondern sagte bloß: »Ich hätte mit der Jungfer ein paar Worte unter vier Augen zu reden.«

»Wenn's beliebt?«, sprach die Tante, sperrte das Nebenzimmer auf, und ging mit Herrn Leisegang hinein.

Mein Mut war dahin. Ich ließ Tafel und Bücher im Stich und flog die Treppe hinunter auf die Straße.

Als ich am Abend verschüchtert ins Zimmer trat, sagte die Tante erst eine Weile gar nichts. Dann holte sie aus einem Schrank meinen Sonntagsrock und die neue Mütze, legte sie neben mich auf den Stuhl und sprach: »Zieh dich an. Du wirst auf die Mauer zum Herrn Leisegang gehen.«

»Was soll ich denn da?«

»Ihn um Verzeihung bitten; muss ich dir das wirklich erst noch sagen?«

»Allein gehe ich nicht zum Herrn Leisegang; ich fürchte mich vor ihm.«

»Schön, so werde ich mitkommen.«

Sie kleidete sich ohne weitere Umstände zum Ausgehen an, und mir blieb nichts übrig, als dasselbe zu tun. So schritten wir denn durch die Dämmerung zum Herrn Leisegang.

Allein hätte ich zu dieser Zeit um die Welt nicht die kleine knarrende Tür in dem schmalen Mauergässchen geöffnet und danach die dunklen wackelnden Stufen erstiegen. Ich bekam das stärkste Herzklopfen, trotz der Gesellschaft der Tante. Herr Leisegang schien uns übrigens erwartet zu haben; er empfing uns feierlich auf der obersten Treppenstufe, ein Licht in der Hand, und er war noch in vollem Anzug, nur Stock und Dreispitz fehlten. In der Stube stammelte ich meine Abbitte, so gut ich sie herausbrachte; er klopfte mir auf die Schulter und sagte: »Übermütig sind wir, junger Herr; wird sich geben, wird sich schon geben. Junger Most, alter Wein.« Dann mussten wir uns auf zwei alte Lehnsessel setzen.

Die Stube sah gar nicht wie eine Hexenküche aus, eine Ecke abgerechnet. In dieser standen allerlei sonderbare Apparate und Gläser beisammen, auf deren halbdunklem Gewirr ein paar Lichtreflexe brannten. Ich zerbrach mir den Kopf, mit welchem von diesen Dingen Herr Leisegang am letzten Abend das wunderbare Licht gezaubert haben möchte.

Der saß inzwischen und hatte ernsthafte Gespräche mit der Tante Salome, und als ich die erste Neugier befriedigt hatte, horchte ich zu.

Die Tante fragte ihn eben, wie es komme, dass er lauter glückliche Ehen stifte.

»Sehen Sie, Jungfer Salome«, erwiderte Herr Leisegang, »das ist ganz einfach. Jeder Mensch hat seine bestimmte zweite Hälfte, die zu ihm passt. Das ist immer nur eine, und wenn er die findet und heiratet, so wird er glücklich.«

»Jeder?«, fragte die Tante.

»Ja, jeder«, gab er zur Antwort. »Ich bringe bloß solche zusammen, und deshalb werden sie glücklich.«

Die Tante schwieg nachdenklich und war ganz rot.

»Also wissen Sie wohl, wer zu einem Menschen als seine andere, richtige und bestimmte Hälfte gehört?«, sagte sie.

»Zu dienen, liebwerteste Jungfer Salome; das ist mein Geheimnis, mein Geheimnis … ich kann sie ihm malen bis auf das Pickelchen im Gesicht. Sehen Sie, ich habe das noch niemandem gesagt als Ihnen, Jungfer Salome; bloß des Herrn Barons selige Gnaden und Ihr Herr Vater, der mein Duzfreund war, wussten das.«

»Ich werde es für mich behalten«, sagte die Tante und lächelte. »Ich auch«, fügte ich hinzu.

»Haha!«, lachte Herr Leisegang, griff mich bei den Schultern und schüttelte mich. »Gute Vorsätze, gute Vorsätze! Wir werden wiederkommen, junger Mann, und ein bisschen was lernen vom alten Leisegang? He?«

Ich nickte verlegen, beschloss aber wirklich, den Vorschlag in Erwägung zu ziehen.

»Nehmen Sie mir's nicht übel, Herr Leisegang«, fing die Tante wieder an und errötete aufs Neue, »warum haben Sie dann aber selber nicht geheiratet, wenn Sie Ihre andere Hälfte kannten?«

Ich werde nie das Gesicht vergessen, das der Alte auf diese Frage machte. Er fiel auf einen Stuhl zurück, so dass ihm das Licht gerade ins Gesicht schien, und nun lief ein Zucken über dasselbe so wunderlich, dass es mit allen seinen Falten aussah wie eine bewegte Wasserfläche, in die jemand einen Stein geworfen hat. Nur etwas war darin ruhig, und das waren die kleinen schwarzen Augen, und die waren so starr und tief melancholisch, dass es einen erbarmte.

»Habe ich Ihnen weh getan mit dieser Frage?«, sprach Tante Salome mitleidig.

»So, so«, antwortete der Alte nach einer Weile mit dumpfer Stimme. »Sie müssen wissen, es geht mir wie so vielen Junggesellen und Jungfrauen. Glauben Sie nicht«, flüsterte er geheimnisvoll, »dass die füreinander bestimmten immer zugleich auf der Welt leben. Mancher geht herum, und das Wesen, das sein höchstes Erdenglück ausgemacht haben möchte, ist schon tausend Jahre tot oder wird erst tausend Jahre nach dem Tag geboren, da man ihn in die Grube scharrt. Die einen von diesen laufen herum und schleppen eine Sehnsucht mit sich, welche die Arme in das Leere streckt und sucht, was doch gar nicht da ist, und sie träumen bis zum Tod von jemandem, den sie auf Erden nicht finden; die anderen verlieren die Geduld und heiraten den ersten besten oder die erste beste. Das gibt Unglück, Jungfer Salome, glücklose, kalte, langweilige Ehestände.« Und Herr Leisegang starrte in eine Ecke, in der ich weiter nichts entdecken konnte als ein kahles Stück Wand.

»Sollte die Vorsehung das wirklich zulassen?«, fragte die Tante mit sanftem Zweifel.

»Vorsehung, Vorsehung ... jawohl!«, sprach der kleine Mann hastig, »Wenn die machen könnte, was sie wollte, dann wäre es gewiss anders. Aber die Geister, die zu Menschen werden und auf die Welt kommen, haben ihren eigenen Willen. Es ist alles in Verwirrung seit dem Sündenfall, Jungfer Salome, das können Sie mir glauben! Ich hätte auch glücklich werden können; aber sie kommt zu spät auf die Welt, zu spät ...«, und damit legte er die Hände über die Augen und schwieg. »Ich weiß, wie sie aussehen wird, Jungfer, und das ist eben mein Unglück. Wie hübsch sie sein wird! So weiß und rot, mit einem Stumpfnäschen und schwarzem Haar und blauen Augen. Das Schönste aber sind die Grübchen, wenn sie lächelt; es ist unbeschreiblich. Und fremde Menschen, die sie nichts angehen, werden sie bewundern, wenn sie über die Erde wandelt, und das Farbenspiel ihres Reizes und ihrer Anmut genießen, mit ihnen wird sie reden und lächeln. Und ich bin einsam und glücklos. Aber sie wird es am Ende auch bleiben, wenn sie einst auf die Welt kommen wird, entweder beides, einsam und glücklos oder bloß das letzte.«

»Das kann ich nicht glauben«, sagte Tante Salome.

»So?«, rief der Alte erregt, »das können die Jungfer nicht glauben? Sie sollen es sehen, Sie sollen es sehen ...«

Herr Leisegang hatte nichts mehr von seiner gewöhnlichen Würde. Wie ein Eichhorn sprang er von seinem Stuhl auf, unverständlich murmelnd, und rannte in die Ecke, wo der kahle Wandfleck zu sehen war. Er drückte an eine Stelle, und plötzlich sprang eine Tapetentür auf, hinter der ein rotseidener Vorhang sichtbar wurde. »Bleiben Sie noch, Jungfer Salome«, schrie er und rannte an uns vorbei zu den Gerätschaften in der entgegengesetzten Ecke, von wo er mit einem weißen Papier zurückkehrte. Er schob den Vorhang zurück und wir erblickten eine Nische, in der schräg ein mächtiger

Spiegel stand; unter ihm befand sich ein Pfännchen, in das Herr Leisegang etwas aus dem Papier schüttete. Nun kam er zu uns, schraubte die Lampe herunter und entzündete ein Stückchen Papier, das er nachher in die Pfanne warf. Ein weißlicher Rauch quoll auf, und die Spiegelfläche überzog sich mit einem feurigen Hauch.

»Jetzt kommen Sie, Jungfer«, sagte die Stimme des Herrn Leisegang. »So sieht sie als Seele aus, jetzt, wo sie noch nicht geboren ist.«

Ich schlich der Tante nach und verbarg mich ein wenig hinter ihr, aber ich konnte alles sehen. Die Spiegelfläche mit dem Hauch darüber war hell, als stände ein Licht hinter bläulichem, mattgeschliffenem Glas. Anfangs war nichts darauf zu sehen, dann zeigten sich trübe Wolken, und allmählich kam deutlich und deutlicher ein schönes schlankes Mädchen zum Vorschein, ein Bild, und doch wie lebendig. Sie war lebensgroß zu sehen, der Spiegel reichte vollständig dazu aus; ihr Haar war gelöst, und sie trug kein anderes Kleidungsstück als ein langes, einfaches, silberweißes Gewand. Man konnte die Äderchen an ihren Schläfen schimmern sehen, und einmal legte sie die Hand über die Augen, als ob sie weit in die Ferne blicke, und dazu lächelte sie wunderlich. Dann wurde das Bild blasser, und als der Hauch von den Spiegelecken zu schwinden begann, zog Herr Leisegang wieder den seidenen Vorhang darüber, und es war fast ganz dunkel um uns. Ich hörte einen Stuhl knarren, sonst regte sich nichts.

»Herr Leisegang«, sagte die Tante.

Keine Antwort.

Sie ging und schraubte die Lampe empor. Da saß der kleine Herr Leisegang auf einem Stuhl zur Seite des Vorhangs, hatte die Arme über die Lehne gelegt und den Kopf hineinvergraben und schüttelte ihn langsam, dass der ganze Zopf hinten sich wie ein Rattenschwanz hin und her bewegte. Ich dachte mir, dass er weinen müsse.

»Leben Sie wohl, Herr Leisegang«, sprach Tante Salome lauter. Ich hatte ihr Gesicht noch nie so ernsthaft und traurig gesehen wie in diesem Augenblick.

Der Alte gab kein Zeichen von sich, dass er ihre Worte gehört hatte; er veränderte seine Stellung auch dann nicht, als Tante Salome mich beim Arm ergriff und mit mir das Zimmer verließ.

Auf der Straße presste sie heftig meinen Arm. »Du wirst über das schweigen, was du gesehen und gehört hast, versprich mir das«, sagte sie.

»Ja, ganz gewiss, Tante«, gab ich zur Antwort.

* * *

Seitdem waren wir öfter beim Herrn Leisegang und er bei uns. Zuweilen ging ich oder die Tante Salome auch alleine hin. Er brachte mir allerlei chemische und physikalische Experimente bei und machte mir andere zu meiner Ergötzung vor, die er mich nicht lehrte. Die Tapetentür mit dem Brautspiegel dahinter habe ich noch manchmal offen gesehen, wenn Leute mit ihrem Anliegen wegen des Heiratens zu ihm kamen. Er ließ sie dann ein paar Augenblicke in den Spiegel sehen, meist so, dass sie es gar nicht merkten; dann schickte er sie fort und bestellte sie auf ein andermal. Kaum waren sie hinaus, so schloss er die Läden, zündete das Pulver in dem Pfännchen an, und dann gab es jedes Mal ein Bild im silberweißen Gewand, oder in einem ähnlichen schwarzen, dies waren schon verstorbene, viele auch in gewöhnlicher menschlicher Kleidung, das waren die, welche noch lebten. Die Letzteren befanden sich immer in einer Stube oder mit irgendeiner Umgebung im Freien. Hatte er einmal einen Bittsteller in den Spiegel blicken lassen, so durfte niemand anderes vor denselben treten, bis der Hauch des Pulverdampfes ihn überzogen hatte; ich tat es einmal, und er riss mich in hellem Zorn weg, dann aber besann er sich, fing an zu lachen und hieß mich das Bild genau ansehen, das nachher zum Vorschein kam. Es war ein kleines blauäugiges Wickelkind, das eben aus vollen Hals schrie und kirschbraun davon im Gesicht war.

»Haha!«, lachte er, »ist schon da, ist schon da; wir können uns gratulieren, junger Herr!«, und dabei fasste er mich in den Haaren und schüttelte mich hin und her. Er nannte mich nämlich nie anders als »junger Herr«.

Als ich später nach Hause kam, war ich ganz atemlos. »Tante Salome«, sagte ich, »heute habe ich beim Herrn Leisegang meine zukünftige Frau gesehen; sie ist schon da, aber sie war noch ein Wickelkind.«

»Herr Leisegang hätte auch etwas Besseres tun können«, warf Tante Salome hin.

»Hast du deinen künftigen Mann auch schon gesehen, Tante?«, fragte ich.

»Denk an deine Schularbeiten«, sagte sie heftig, drehte sich um und setzte sich an das Fenster. Sie hatte einen hochroten Kopf von meiner Frage und sah unverwandt zum Fenster hinaus, und ich hätte schwören mögen, dass sie sich ein paar Mal die Augen wischte.

Eines Tages stolperte ich die dunkle Treppe in dem Häuschen an der Mauer hinauf. Mit einem Mal hörte ich einen lauten Schrei im Zimmer, der von niemand anderem als dem Herrn Leisegang herrührte. Als ich schüchtern anklopfte, bekam ich keine Antwort, und als ich dann öffnete, da lag der kleine Herr Leisegang ausgestreckt auf dem Boden vor dem Spiegel. Der war hell und das Zimmer dunkel. Der Alte wandte den Kopf zu mir herum und sprang plötzlich auf, und indem er mich bei den Schultern packte, riss er mich vor den Spiegel.

»Nein, ich bin nicht blind, bin nicht blind«, sagte er zitternd vor Aufregung. »He, junger Herr, was sehen wir da? Was sehen wir da?«

»Nichts«, antwortete ich.

»Nichts ... es ist richtig; ich sehe nichts mehr von ihr und er sieht auch nichts!« Und damit stülpte er seinen Dreispitz auf, nahm seinen Bambus und stürmte hinaus und die Treppe hinunter. Ganz verdutzt stand ich in der dunklen Stube allein und sah, wie der Hauch vom Spiegel lief und wie Letzterer auch dunkel wurde. Mir wurde unheimlich zumute und ich schlich mich fort.

Als ich nach Hause kam, fand ich Herrn Leisegang bei der Tante. Er war noch immer in großer Aufregung, und die Tante war es auch ein wenig, aber ich konnte nicht erfahren, weshalb.

Wieder verging eine lange Zeit, wohl ein Jahr. Es war ein schöner Sommerabend, und ich ging mit Tante Salome zu dem Alten. Er empfing uns mit großer Feierlichkeit, und über sein ganzes Wesen war eine tiefe Rührung ausgegossen.

»Es ist gut, dass Sie kommen, Jungfer Salome«, sagte er. »Sie sollen sie sehen. Jetzt ist sie auf die Welt gekommen.«

»Also wirklich!«, rief die Tante kopfschüttelnd.

Er schlug wieder die Läden zu, drückte die Tür vor dem Brautspiegel auf und sah hinein. Das Pulver flammte auf, der glimmende Hauch lief darüber und wir saßen auf zwei Sesseln davor und warteten. Und was zum Vorschein kam, war wieder ein Wickelkind. Ich dachte erst, es wäre das meine, stieß die Tante Salome an und flüsterte ihr zu: »Das ist sie, Tante, das ist sie.« Aber da lachte der Alte, der meine Worte gehört hatte, und sagte mit gerührter Stimme: »He, wir denken, die unsere bleibt ewig

Wickelkind. Das ist meine Braut, junger Herr, das ist das Schwarzköpfchen des alten Herrn Leisegang.«

Und ich verstand ihn: Die Frau, die eigentlich Herr Leisegang hätte haben sollen, war nun doch noch bei seinen Lebzeiten geboren worden.

»Zu spät, liebwerteste Jungfer Salome«, klagte Herr Leisegang mit unterdrückter Stimme; »es ist doch zu spät. Nur das eine Glück wünschte ich mir, dass ich sie noch sehen könnte, ehe meine alten Augen sich schließen.«

»Können Sie nicht erfahren, wo sich das Kind befindet?«

»Wie soll ich das?«, seufzte der Alte. »Ich habe kein Glück, Jungfer, darum wird sich der Zufall meiner auch nicht erbarmen.«

Und er hatte doch eine Art von Glück, der gute alte Herr Leisegang, freilich erst sehr viel später, und es war doch nur ein Blitz von Glück.

* * *

Ich hatte die niederen und hohen Schulen durchlaufen und war wohlbestallter Amtsrichter geworden. Es war wohl achtzehn Jahre später, als ich in den Ferien die Tante Salome besuchte, die ich lange nicht gesehen, und ich erkundigte mich in der ersten Stunde des Wiedersehens gleich nach dem Alten.

»Er lebt noch«, sagte die Tante, »aber er ist recht schwach jetzt und geht wenig aus. Er wartet noch immer, dass ihm ein Zufall seine Braut zuführen könnte.«

»Es ist doch eine sonderbare Geschichte mit dem Spiegel«, meinte ich. Ich war nämlich sehr ungläubig geworden und bildete mir manchmal ein, ich hätte alles das, was mir vor dem Brautspiegel im Gedächtnis war, als Kind bloß nicht scharf genug angesehen, indem alles natürlich zugegangen wäre und Herr Leisegang sich nur einen Scherz mit uns gemacht hätte.

Die Tante antwortete bloß ein kurzes »ja«; dann sprach sie schnell von etwas anderem. Mir aber wollte der Herr Leisegang und sein Brautspiegel nicht aus dem Sinn, und ich benutzte einen freien Augenblick gegen Abend, um den Alten aufzusuchen.

Als ich von der kurzen Straße in das Mauergässchen abbiegen wollte, kam eben ein Wagen zum Tor hereingefahren. Ein paar wilde, feurige Pferde zogen ihn, und ich blickte etwas ängstlich auf den Kutscher, der die Augen halb geschlossen hatte und auf dem Bock hin und her schwankte, als wollte er einschlafen. In dem Wagen saß ein schönes junges Mädchen, und merkwürdig, es wollte mich bedünken, als hätte ich vor längerer Zeit dieses Gesicht schon gesehen. Ich zog meinen Hut und sie lächelte und verneigte sich ein wenig.

Wer konnte das sein …?

Den alten Mann traf ich in einem Lehnstuhl am Fenster sitzend, und ich erschrak, so verfallen sah er aus.

»He, junger Herr«, sagte er müde, »ist hübsch, dass wir noch einmal zu dem alten Krüppel, dem Leisegang, kommen. Wäre lange schon gern gestorben, der alte Leisegang, aber die da … die lässt ihn nicht sterben«, und damit zeigte er in den Winkel mit der wohlbekannten Tapetentür.

»Kann ich sie nicht einmal sehen?«, fragte ich, während er meine Hand ergriff.

»Versteht sich«, rief er und wurde plötzlich lebendiger. »Kennen sie ja von den Windeln auf, versteht sich.«

Er richtete sich mit einer Kraft auf, die ich ihm nicht mehr zugetraut hätte, und er nickte mir freundlich zu, als ich eilte, um an seiner statt die Läden zu schließen. »Ein bisschen auf die Seite treten«, hörte ich ihn dann sagen; »wir wissen das schon.«

Ich trat beiseite und sah neugierig zu, wie er das Übrige zurüstete. Es geschah alles, wie ich es von meiner Knabenzeit in Erinnerung hatte; die Spiegelfläche schimmerte endlich hell auf und ich war im Begriff vorzutreten, da ereignete sich etwas Unerwartetes: Herr Leisegang tat einen Schrei, einen furchtbaren, markdurchschütternden Schrei und fiel auf den Stuhl beim Fenster.

»Sie ist da; oh du gnädige Vorsehung, sie ist in derselben Stadt wie der närrische alte Leisegang; sie sitzt in einem Wagen und der hält vor dem ›Schwarzen Adler‹ draußen!« So stöhnte und jubelte der alte Herr Leisegang.

Mit einem Satz stand ich vor dem Spiegel … und richtig, das war sie gewesen, das schöne junge Mädchen in dem Wagen mit dem verschlafenen Kutscher auf dem Bock! Da stand der Wagen, und sie stieg eben aus, so natürlich war alles, dass ich meinte, zuspringen zu müssen, um sie zu stützen.

Aber ich hatte schon etwas anderes zu stützen, nämlich den Herrn Leisegang. Der war wieder aufgestanden und umklammerte meinen Arm wie ein Schraubstock.

»Ich will zu ihr«, ächzte er, »nur ein einziges Mal will ich sie leibhaftig sehen und ihr kleines weißes Händchen anfassen; ach mein liebenswertester junger Herr, wir werden den alten Herrn Leisegang in den ›Schwarzen Adler‹ bringen, den armen alten Leisegang, der uns so lieb gehabt hat. Ich bin ein glücklicher Mensch – wie schön sie ist, liebenswerter junger Herr – da steigt sie wieder ein – sie wird wieder fortfahren – Hilfe, schnell, schnell, o du blutiger Heiland, sie wird fortfahren, ehe ich sie gesehen …«

Ich hatte ihn im Arm und bückte mich zu ihm nieder; er ächzte und stöhnte und seine verkrüppelte Brust arbeitete wie im Krampf. Plötzlich hörte ich in dieser Brust ein Geräusch, als ob eine Uhr abläuft, in der die Kette gesprungen ist; er wurde mir so schwer und unbehilflich im Arm.

Der arme Herr Leisegang war tot.

In diesem Augenblick tat der Spiegel einen Krach und ich sah empor. Der goldflimmernde Hauch löste sich auf und mitten durch den Spiegel lief ein klaffender Sprung.

Ich war außer mir. Ich legte den alten Herrn in seinen Stuhl und setzte ihm die Zopfperücke fest, die zur Seite gerutscht war, und dann stürzte ich davon; ich wollte zum Schwarzen Adler, es war mir, als müsste ich sie wenigstens zur Leiche des armen Herrn Leisegang führen und ihr alles erzählen.

Als ich atemlos draußen vor dem Tor am Ende der Hauptgasse anlangte, wo der ›Schwarze Adler‹ lag, da war sie richtig fortgefahren. Niemand hatte sie gekannt.

Ich lief auch noch auf die Chaussee hinaus: Draußen, weit draußen rollte ein Wagen, und in dem Wagen saß die Braut des Herrn Leisegang, dem das Herz zersprungen war.

Immerhöher.

In einem Krankenzimmer brannte das kleine Nachtlicht und auf dem weichen Lager war ein steinreicher alter Mann im Begriff zu sterben. Die Möbel in dem Zimmer gehörten zu den kostbarsten, die man sich denken kann, prächtige Gemälde hingen in schweren Goldrahmen an den Wänden, und auf dem Boden lag bis in die letzte Ecke nur ein einziger dicker Teppich. Aber sterben musste er doch, der alte Mann dort.

Sein Sohn stand neben dem Lager, und der alte Mann sprach zu ihm. »Du wirst reich sein nach meinem Tod«, hauchte er mühsam mit den letzten Atemzügen; »du wirst Millionen besitzen, mein Sohn. Die Menschen werden dich darum in den Himmel heben wollen, als wärest du gegen sie ein höheres Wesen, und dein Herz neigt zum Stolz; ich fürchte, dass du dich in deinen Gedanken immer noch höher heben wirst, als sie dich heben. Tue es nicht, mein Sohn. Immerhöher heißest du, immer tiefer neige dich. Reich sein ist ein Fluch oder ein Segen: Der Fluch wohnt hoch, der Segen tief …«

Er wollte noch mehr sagen, aber es ging nicht, denn er musste sterben. Der Sohn drückte ihm die Augen zu. Er war ein schöner, stattlicher junger Mann. Er besaß aber einen Mund, der aussah, als ob er noch nie gelacht hätte, Augenbrauen, die über der Nase fast zusammenstießen, und Nüstern, die zuckten. Man sagt, dass solche Leute unbändig stolz seien. Er blickte auf den Mund seines Vaters nieder, der eben noch gesprochen hatte und der nun stumm war, und er sagte: »Immerhöher heiße ich, und ›immer höher!‹ soll meine Losung sein.«

Er ließ seinen Vater begraben, und nun war er Herr über das viele Geld.

Es geschah wirklich, was sein Vater ihm vorhergesagt hatte, nämlich dass die Menschen ihn in den Himmel heben wollten. Untertänige Gesichter priesen ihn und schmeichelten ihm, und manchmal bettelten sie ihn an. Es ging ihm wie dem lieben Gott. Das war für den stolzen jungen Mann freilich nicht ganz neu, denn viele hatten das nämliche schon bei Lebzeiten seines Vaters getan; aber es wurden ihrer jetzt so viele, dass ihm die anderen auffallen mussten, die sich nicht vor ihm beugten.

Er konnte den Verkehr mit solchen nicht mehr meiden, aber sein Mund presste sich noch fester zusammen, seine Augenbrauen kamen einander noch näher und seine Nüstern zuckten noch stolzer, wenn sie so gerade heraus mit ihm lachten und sprachen, als ob gar nichts Besonderes an ihm gewesen wäre. Und doch besaßen diese Menschen manchmal gar nichts, als ein bisschen um zu leben, und er war ein Herr von so vielen Millionen!

»Immerhöher heiße ich, und ich will sie alle unter mir sehen«, sagte er bei sich.

Er bot alles auf, das Geschick solcher Leute in seine Hände zu bekommen, und mit Hilfe seines Geldes gelang ihm das oft; dann beugten sie sich wohl. Wo es nicht ging, da half er sich anders: Wer ihm stolz begegnete, dem begegnete er immer noch stolzer. Man fürchtete und hasste ihn, und heimlich lachte man über ihn; aber er fühlte es noch nicht, wie es einsam und kalt um ihn war.

Eines Tages schritte er in seinem Garten hin, der sich in Buschwerk und Bäume verlor. Er hatte eine Reitpeitsche in der Hand, mit der schlug er rechts und links die Blumenköpfe nieder, die so recht keck und hoch in die Luft ragten. Er kam endlich zwischen die Büsche und zuletzt in die tieferen Waldgänge.

Bisher war ihm keine menschliche Seele begegnet, aber im Wald saß ein alter Mann auf einer Steinbank am Weg, wahrscheinlich ein Bettler, denn er sah zerlumpt aus, und hatte einen Stock und einen Quersack bei sich und kaute an einer Brotrinde. Der schmutzige Hut auf seinem Kopf war gewiss zwanzig Jahre alt. Als Immerhöher vorbei ging, kümmerte sich der Alte gar nicht um ihn; er stand weder auf, noch griff er nach dem Hut, noch sprach er eine Silbe. Er sah ihn nicht einmal an.

»Nun?«, fragte Immerhöher und drehte sich zu ihm um.

Der Bettler rührte sich nicht, ausgenommen, dass er an der Brotrinde kaute.

»Hier bin ich der Herr!«, fuhr Immerhöher auf und seine Stirn rötete sich vor Zorn.

Keine Antwort.

Da flog die Reitpeitsche pfeifend durch die Luft und auf den alten schmutzigen Hut nieder, dass er in den Sand kollerte. Dann wandte sich Immerhöher wieder und schritt weiter.

Der Alte stand langsam auf und seine Augen funkelten ganz eigen, wie er hinterherschaute. Er hob den Hut vom Boden und setzte ihn wieder auf den Kopf, danach nahm er seinen Stock und fing an, in den Sand zu zeichnen und unverständliche Worte zu murmeln.

Immerhöher war ein ziemliches Stück geschritten, da vernahm er ein Rollen wie von fernem Donner und blickte auf, aber er konnte nichts sehen; um ihn herum lag es wie dicker Nebel. Er musste stehen bleiben, denn nicht einmal ein Weg war zu erkennen. Der Nebel roch brandig, dass ihm das Atmen schwer wurde. Endlich begann es um ihn zu wallen und lichter zu werden, er sah Himmelblau und Baumgrün, und der Nebel zerfloss in nichts.

Immerhöher stand vor einem ärmlichen Dorf, auf einem Wiesenweg.

Über ihm ragten dieselben Gebirgswände, wie über seiner Vaterstadt, aber von dieser war keine Spur zu sehen.

Er hätte mit den Fingern hinzeigen können, wo dies und das Haus gestanden; die Anhöhen, selbst der gischende, strudelnde Bach war der nämliche. Aber an Stelle der Stadt stand das Dörfchen mit Wiesen und Weiden.

Wo die Stadt hingekommen war, da waren auch die Millionen des Herrn Immerhöher geblieben. Er besaß nichts, als was er bei sich hatte.

Seine Gedanken verwirrten sich. Er ging in das Dorf und fragte voll inneren Grolles den ersten besten Bauern nach der Stadt. Es klang so hochmütig, wie er sprach!

»He«, sagte der, »schnauzt mich nicht so an, wenn Ihr was wissen wollt, und fuchtelt mir nicht mit Eurer Peitsche um die Nase! Von der Stadt aber, die ihr nennt, weiß ich nichts.«

Immerhöher wandte sich um und ballte die Faust. Hier wusste sich sein Stolz nicht zu helfen. Worauf war er überhaupt noch stolz? Und doch bäumte sich das Herz in seiner Brust auf, dass der Bauer ihm so zu begegnen wagte.

»Lieber gar keine Menschen, als die sich nicht beugen«, knirschte er. »Wer mich verhext hat, der soll nur nicht glauben, dass ich mich ändere.« Und sein Auge schweifte zu der Gebirgswand hinüber und verfolgte die Wege, die droben von Alm zu Alm führten. »Über alle Menschen; ich werde auf das Gebirge steigen, dort mag ich Hungers sterben.«

Er ging wieder den Wiesenweg hin, auf dem er gekommen war, voll zorniger Empfindungen. Kinderstimmen weckten ihn aus seinem Brüten: Ein halbes Dutzend Kinder spielte an einer kleine Wasserader, und eines der Mädchen stand mit den nackten Füßchen im Wasser und pflückte Vergissmeinnicht. Sie sahen neugierig auf den fremden finsteren Mann. »Er ist gewiss traurig«, flüsterte das eine den anderen zu, und das kleine Ding mit den nackten Füßchen stieg aus dem Wasser und sah ihn mitleidig an, als er vorüber kam.

»Da, Mann!«, sagte es und reichte ihm die Hand voll Vergissmeinnicht hin. Es machte eine schelmische Miene, und die anderen kicherten.

»Fort, kleine Brut«, murmelte Immerhöher und schwippte mit der Reitpeitsche nach den Blumen. Auf der Hand des Kindes brannte ein roter Striemen, die Blumen fielen in das Gras. Der stolze Immerhöher hörte ein leises Schluchzen, so herzbrechend wie bloß Kinder schluchzen können, und wandte einen Augenblick den Kopf; da sah er das schmerzliche hübsche Gesichtchen mit dem Flachshaar drüber und die großen, blauen, schwimmenden Augen, und er sah die Vergissmeinnicht im Gras.

Er ging weiter und stieg wohl eine Stunde bergauf, aber noch immer klang ihm das Schluchzen des Kindes in den Ohren, und vor seinen Augen schwebten diejenigen des armen kleinen Geschöpfes, die so blau waren und so unschuldig, wie die Vergissmeinnichtblüten, die er verschmäht. Er ärgerte sich darüber, warf die Reitpeitsche fort und zwang sich, den Zwischenfall zu vergessen.

Im Bergwald stieß er auf Holzfäller und ein paar Jägerburschen; es kam ihm vor, als machten sie spöttische Gesichter; und als er vorüber war, lachten sie. Das Blut stieg ihm ins Gesicht; er biss die Zähne zusammen und sagte: »Immerhöher!« Der Wald endigte in wilden Schluchten; Abgründe gähnten, und brausende Wasserstürze fuhren in die Tiefe. Dann kamen die Almen und Sennhütten, mit Kuh- und Ziegenherden. Das Gras stand voll duftender Bergblumen, und das Vieh klingelte mit den Glöckchen. Als er durch den letzten hölzernen Grenzzaun getreten war, schöpfte er Atem und sah sich um. Tief senkte sich die Berglehne hinab; am Fuß, winzig wie Spielzeug lagen die Menschenwohnungen. Ein kühler

Wind wehte um ihn, und er empfand die majestätische Leere der Einsamkeit wie etwas lange Ersehntes.

Da pfiff es über ihm, und als er den Blick hob, sah er droben die winzige Gestalt eines Geißbuben, der seine Herde hütete. »Immer höher«, sagte es in seiner Brust; »über alle Menschen hinaus hoch!«

Die Füße waren ihm müde von dem ungewohnten Steigen, aber er hatte eher keine Ruhe, als bis er den Geißbuben unter sich sah; und da überkam es ihn auf einmal, als müsse er noch höher steigen, so hoch wie nur menschenmöglich.

Er ruhte sich etwas aus, dann kletterte er weiter, eine Stunde nach der anderen. Der Boden war modrig und nass, mehr als einmal stolperte er über Steine, in Vertiefungen, oder über blühendes Alpenrosenkraut. Einmal stieß er auf eine rieselnde Wasserader, und als er sie verfolgte, sah er ein leuchtend weißes Schneebett, das wollte er noch erreichen.

Schon eine Weile vorher hörten die Blumen und Gräser ganz auf, und als er am Ziel war, gab es nichts als nacktes Gestein, das Schneebett, aus dem die Wasserrinne abfloss und den Abendhimmel.

Jetzt war er doch gewiss höher als alles Leben! Seine ganze Zuversicht kehrte wieder. Er kreuzte die Arme über die Brust und sah sich um: Nichts was sich regte. Weiß und glatt zog sich der Schnee hin, kein Fuß, keine Vogelkralle hatte ihn berührt, so weit sein Auge reichte. Kein Laut vernehmbar, als das Summen des Blutes in seinen Ohren. Nur so kalt war es, so grimmig kalt!

Sein Denken war so schwerfällig, und sein Herz schien auch stillstehen zu wollen. Es wollte ihn bedünken, dass er gar keine Gedanken und gar kein Herz mehr brauche. »Hier oben gibt es nichts als sterben«, nickte er für sich. »Über allem Leben ist nur der Tod.« Aber ihn schauderte heimlich dabei. Fast wäre es ihm lieb gewesen, wenn ein

Schrei oder Peitschenknall die Luft durchblitzt hätte, oder wenn er sich über jemanden recht hätte ärgern können.

Er schritt noch ein Stück vorwärts, bis zu der Stelle, wo die stille Wasserrinne unter dem Schnee hervorkam. Da bückte er sich plötzlich jäh hernieder. In dem Schneewasser wuchs ein wenig Grün und an dem Grün blühten sogar Blümchen.

Es waren Vergissmeinnicht wie sie der Wanderer auf dem Gebirge auch im ewigen Schnee trifft.

»Vergissmeinnicht«, sagte Immerhöher und setzte sich auf den Boden. »Vergissmeinnicht.«

Seine Stimme zitterte, als er das sagte, und seine Hand streichelte leise, ganz leise über die Blumen. Seine Augen wurden feucht und plötzlich stahlen sich ein paar Tränen heraus und fielen in das kalte Schneewasser. Er neigte sich immer tiefer zu den zarten blauen Blüten, und da waren es nicht mehr Blüten, sondern liebe, traurige, blaue Kinderaugen, die groß offen standen und zu ihm aufsahen. »Ich kenne sie«, nickte der arme Immerhöher, »ich kenne sie genau, sie, und den roten Striemen über der kleinen Kinderhand, und die Blumen, die im Gras lagen. Alles habe ich vergessen, aber das nicht.« Es war ihm, als höre er ein Kind schluchzen, bitterlich und herzzerschneidend. »Dicht vor dem Tod kommt die Reue.«

Da deckte er die Hände über die Augen, warf sich auf den Boden und rührte sich nicht.

Als er sich erhob, starrte er völlig geblendet um sich und ihm wurde wirr im Kopf. Eben noch hatte er mit wachen Sinnen hoch droben gelegen, in der Eiswüste des Gebirges, bei der Wasserrinne mit den Vergissmeinnicht; jetzt stand er im grünen Wald, durch den die Sonne schien, und die Steinbank dort dünkte ihm die nämliche, auf welcher der Alte gesessen, dem er den Hut aus der Hand geschlagen.

Er hatte sogar die weggeworfene Reitpeitsche wieder in der Hand!

Ein Grauen vor dem Wunder überkam ihn. Er fasste zuerst die Reitpeitsche mit beiden Händen, zerbrach sie über dem Knie und warf die Stücke ins Gebüsch. Dann schritt er mit Herzpochen vorwärts, und er brauchte nicht weit zu gehen, so lagen wirklich sein Garten und sein Schloss vor ihm. Es war nichts verloren, und er konnte gut machen!

Er fühlte einen wahren Heißhunger nach Menschen, aber es war keiner zu sehen. Endlich fand er hinter Rhododendronbüschen zwei Frauen, die im Rasen jäteten; und dabei saß ein Kind, ein kleines blondes Ding, mit wilden Blumen im Schoß. Es blickte beklommen nach der Mutter, als er es aufnahm und im Arm hielt.

»Soll ich dir eine Puppe kaufen?«

»Ja«, sagte es auf einmal zutraulich. »Warum weinst du denn?«

Immerhöher drückte es an sich. »Du sollst glücklich werden«, murmelte er, »du und viele andere außer dir, aber der arme Immerhöher am meisten.«

Allerseelen-Nacht.

Im Kalender stehen zwei Tage hintereinander, die heißen Allerheiligen und Allerseelen; die Nacht zwischen den beiden ist die Allerseelen-Nacht. In den beiden Tagen feiert man in vielen Gegenden den Toten ein Fest, und in der Nacht gerade ist das Fest am schönsten: Man bekränzt nämlich am Tag Allerheiligen die Gräber, schmückt sie wohl auch mit Bändern und Blumenstöcken; in der Allerseelen-Nacht aber brennen auf den Gräbern Lichter zwischen den Blumen, Lichter von jeder Art, offen und in Glashüllen, so dass die geliebten Menschen unter der Erde die prächtigste Illumination über sich haben. Und bei den Gräbern knien die dunklen Gestalten derer, welche die Toten drunter geliebt haben, und neigen das Haupt, weinen oder beten; manche tun beides, und die Toten, denen das geschieht, sind am glücklichsten, die Leute aber, die es tun, am unglücklichsten.

Es gibt dunkle Gräber, die niemand bekränzt, niemand besucht und auf die niemand ein Licht stellt. Sie sehen so traurig aus, dass man weinen könnte, wenn man sie ansieht: Fast wie Kinder, die Weihnachten nichts geschenkt bekommen haben. Die Toten in diesen Gräbern hat niemand mehr lieb, der am Leben ist.

Die meisten solchen Toten sind nicht weiter traurig darüber, denn sie wüssten wirklich nicht, wer sie von den Lebendigen besuchen sollte. Sie liegen schon viele Jahre unter dem Rasen, und von denen, die über ihnen wandeln, hat sie kaum jemand gekannt. Ihre Gräber kann man in großer Zahl beisammen sehen, weite dunkle Flächen bildend. Aber es gibt auch einzelne dunkle, vergessene Gräber mitten zwischen blumengeschmückten und lichtbeglänzten; und die darin ruhen, haben sich auf

Kränze und Lichter gefreut, und nun haben sie doch keine bekommen.

Ich sehe solch ein Grab.

Es ruht ein Kind darin, denn es ist ein kleines Grab; und das Kind ist noch nicht lange eingesenkt worden, denn die Erde ist frisch, und die ersten Kränze liegen noch darauf.

Die Lämpchen auf den Nachbargräbern brennen schon düster, weil es spät in der Nacht ist. Endlich fegt ein Windstoß über sie hin und löscht sie ganz aus. Der Kirchhof ist fast menschenleer, nur hie und da sitzt noch eine dunkle Gestalt bei einem Hügel. Und welch ein Menschenstrom hat zuvor in den Gängen gewogt!

Plötzlich bewegt es sich auf dem vergessenen Kindergrab: Das ist das Kind, das herausgestiegen ist. Sein weißes Kleidchen schimmert leise in der Finsternis der Herbstnacht.

»Nun habe ich gewartet und gewartet, und meine Mutter ist doch nicht gekommen«, sagt das Kind für sich. »Neben mir hatten sie alle Blumen und Lichter, bloß ich nicht.«

Und es tastet mit den Händchen auf dem kahlen Grab herum und raschelt in den alten welken Kränzen.

Dann steht es ein Weilchen und seufzt.

»Ich werde selber danach gehen müssen. Meine Mutter wird gewiss krank sein oder sie ist mir bös. Ich möchte doch so gern Blumen und Lichter haben.«

Das vergessene Kind trippelt mit den weißen Atlasschuhen den Kirchhofsweg hin; es hat die Augen geschlossen, aber es sieht alles, die Kirchhofstür, die Straße mit den Häusern und endlich das große, schöne Haus mit der Auffahrt und dem Säulendach darüber. Langsam geht das große Portal auf, als das Kind auf die Schwelle tritt.

Das große Haus hat viele Fenster, und alle sind sie dunkel bis auf zwei. In dem hellen Zimmer, zu dem die zwei Fenster gehören, sitzt eine schöne Frau auf rotsamtenem Diwan und träumt mit glänzenden Augen vor sich hin, während das Kammermädchen die Bettvorhänge zurückschlägt und die weißen Kissen richtet.

Welch ein reizendes Wesen ist diese Frau! Niemand könnte ihr ansehen, dass ihr Mann tot ist und ihr Kind auch. Wie Spinnwebe fließt es um ihre Gestalt, unter der Spinnwebe schimmert grüne Seide. Überall Rosenknospen: als Garnierung am Überwurf, als Strauß auf der Brust, als Kranz in dem dicken, blauschwarzen, aufgesteckten Haar. Und rosig und knospenhaft ist die Trägerin selber. Wie Tau blitzen die kostbaren Steine, die sie trägt.

Sie ist keine Fee, dass sie so schön geputzt ist. Sie ist nur auf einem Ball gewesen.

Sie ist müde und träumt. Sie träumt von Ballmusik und flammenden Kronleuchtern, und von dem stolzesten und schönsten Herrn, der mit ihr getanzt hat und der ihr gesagt hat, dass sie die Ballkönigin sei. Und wenn sie daran denkt, flammen die Spiegelbilder der Armleuchter noch einmal so hell in ihren Augen.

Es gibt Leute in der Stadt, die getanzt haben, während auf dem Friedhof die Lichter der Allerseelen-Nacht brannten! Sie meinten, die Toten wären tot, und man hätte gar nicht nötig, sich mehr um sie zu kümmern; und die schöne, rosenknospenbesäte Frau war auch der Meinung. Was hätte sie davon gehabt, wenn sie im schwarzen Kleid draußen gewesen wäre in der fröstelnden Herbstnacht? Jetzt ist sie Ballkönigin gewesen; das ist ganz etwas anderes.

Sie steht auf und nimmt einen Armleuchter; damit geht sie zu dem großen Wandspiegel. Sie kann selbst nicht satt werden, sich zu sehen, so schön ist sie. Kein Gedanke an ihr Kind!

Sie legt endlich den Kranz aus dem Haar und den Strauß von der Brust, sie streift den luftigen Überwurf mit den Knospen ab; und dann ist das Mädchen mit dem Bett fertig und hilft ihr, bis sie zwischen den Kissen liegt. Sie ist sehr müde, aber sie will doch noch etwas träumen, und die Zofe muss den einen Armleuchter brennen lassen und auf das Marmortischchen neben dem Bett stellen, ehe sie aus der Stube geht.

Und die schöne Frau träumt wieder von Ballmusik und lustigem Schweben unter der Glanzflut der Kronleuchter hin, bis es ihr vor den Augen dämmert.

Da schauert sie zusammen, denn es ist ihr, als ginge die Tür auf und sie sähe ihr Kind eintreten, das sie hat begraben müssen, ihr holdes Mädchen, das sie einst so stolz gemacht hat, weil es die Bewunderung aller Welt war.

Sie kann sich nicht rühren, sie vermag die Augenlider nicht zu heben, aber sie kann zwischen den Wimpern hindurchblinzeln. Und da steht es wie zaghaft, und sucht sie mit geschlossenen Augen.

Es tritt endlich bis an ihr Bett. »Mama«, sagt es, »du bist wohl darum böse auf mich, weil ich gestorben bin?«

Wie das süß klingt von dem feinen Mündchen, das so blass und so wehmütig geschürzt ist!

»Ich kann ja nichts dafür, meine liebe Mama! Es war so dunkel auf meinem Grab, deshalb dachte ich, du wärest krank oder böse; nichts ist darauf als die alten Kränze, du die sind schon ganz verwelkt.«

Die schöne Frau in den weißen Kissen liegt still und sagt nichts, sie atmet bloß schwer. Da wendet das Kind sich um und sieht den Kranz und den Strauß aus Rosenknospen liegen.

»Ach das sind gewiss die Blumen, die ich bekommen sollte«, spricht es für sich, »die Mama schläft, da will ich sie nur gleich mitnehmen. Und das Licht auch. Wie hübsch wird mein Grab aussehen, wenn ich drei Lichter auf einmal brennen habe.«

Und es zuckt ein wenig mit den Wimpern, dicht vor den flackernden Flammen, und lächelt, recht wie ein glückliches Kind. Dann streichelt es leise mit den kalten, schmalen Händchen die Wangen der Mutter.

»Meine liebe Mutter«, sagt es kosend.

Es geht danach zu den Ballblumen, und da erblickt es den Tüllüberwurf mit den Rosenknospen.

»Ei«, flüstert es überrascht, »da ist etwas zum Streuen. Das ganze Grab bestreue ich damit.« Und nun beginnt es Knospe nach Knospe zu pflücken und in das aufgehaltene Kleidchen zu sammeln; es kniet dazu nieder, um das bequemer zu haben. Endlich nimmt es Strauß und Kranz dazu, ergreift den Armleuchter, nickt zum Bett hinüber und geht hinaus. Es ist finster in der Stube; und in der finsteren Stube liegt die schöne, starre Frau hinter den seidenen Bettgardinen und fühlt, wie ein Feuerstrom durch sie fließt, immer auf und ab, von der Zehe bis zum Scheitel. Wenn er in das Herz kommt, möchte sie aufschreien, so schmerzhaft zuckt es. Sie vermag das nicht. Sie hört Weinen und Schluchzen wie in der Ferne und merkt nicht einmal, dass es von ihr selber kommt.

Das vergessene Kind wandelt durch die Nacht; kein Wind löscht die Lichter, niemand begegnet ihm. Draußen stellt es den Armleuchter zu Füßen des Grabes, streut die angewelkten Ballröschen über die alten verdorbenen Kränze und legt Strauß und Kranz zu Häupten.

Nun wird es ein Nebelbild, das die Erde trinkt.

* * *

Die drei Lichter brennen allmählich herunter. Die Ballblumen besprengt der Nachttau mit seinen Perlen und badet sie wieder frisch.

In den dürren Blättern und Blumen unter ihnen raschelt zuweilen der Wind, und seitwärts stehen zwei junge Zypressen, die seufzen die ganze Nacht. Allerseelen-Nacht!

Der Tautropfen.

Es war ein kleines trautes Fenster, das stand offen. Nelken blühten in Töpfen auf dem Fensterbrett, dazu rotes Geranium und süßduftender Goldlack; im Garten unten aber streckte ein Rosenstrauch seine Zweige bis an das Fenster, und die schönsten Zentifolien saßen darauf, die ein Maler nur malen kann.

Eines Morgens lag auf einem grünen Blatt des Rosenstrauches ein Tautropfen.

Wo war er hergekommen? Er wusste nichts davon und fragte nichts danach.

Im Westen sanken die Sterne und blinzelten wie müde Augen. Um Osten fing es an licht zu werden, und ein kühles Morgenlüftchen flog durch den Garten und weckte die würdigen alten Bäume, indem es sie am Blatthaar zupfte, wie ein mutwilliges Kind. Es küsste die schlafenden Zentifolien auf den halbgeöffneten Mund und streifte mit der Hand über die Blumen am Fenster. Es sah auch den Tautropfen liegen.

»Guten Morgen, Kleiner«, sagte es; »soll ich dir einen Puff geben?«

Und damit wippte es ein wenig an dem Blatt, worauf der Tropfen lag, dass dieser heftig zitterte.

»Ich könnte wohl – aber es gäbe doch keinen ordentlichen Klatsch, wenn du auf die Erde fielest, und ich darf der Muhme Sonne ihren Morgentrank nicht verderben.« Der Schalk lachte, ließ das Blatt los und flog weiter.

Zwei Rotschwänzchen erschienen droben auf dem Dachfirst. »Ritz Blitz! Lüpft mir die Schlafmütz!«, riefen sie; »Ritz, Blitz! Lüpft mir die Schlafmütz!« Und dazwischen machten sie ihren Morgenspaziergang auf dem Dach.

Es war ihre Gewohnheit, über die anderen Vögel zu spotten, die noch schliefen; denn sie waren immer die ersten.

Der helle Streifen im Osten wurde breiter. Blasse Lichter schwirrten wie Pfeile durch die dämmernde Frühe, und ein Teil davon machte bei dem Rosenbusch Halt. Sie schlangen sich um die Zentifolien und um die Strauchblätter und spannen sie in ein Netz, zarter und glänzender als das feinste Spinnengewebe. Ein Trupp ersah sich den Tautropfen zum Baden: Sie tauchten hinein und heraus und wirbelten darin durcheinander, dass es hell aufblitzte. Und der Tautropfen zitterte nicht einmal, so leicht waren sie.

Aus einer großen Rose in der Nähe krochen zwei Rosenkäfer, die darin geschlafen hatten. Sie hoben die Flügeldecken auf, streckten die Flügel und putzten die Beinchen, und als sie damit fertig waren, krochen sie den Rosenstiel hernieder.

»Sollte man es glauben!«, rief der eine. »Wenn ich nicht sehr irre, so hat dieses Blatt über Nacht ein Auge bekommen. Wahrhaftig, es muss ein Auge sein, denn in ihm kann man die Bäume, das Haus, die Rosen und alles sehen. Wenn ich genau hinsehe, erblicke ich mich selber.«

Der Garten spiegelte sich in dem Tautropfen, und darum hielt ihn der Rosenkäfer für ein Auge.

»Ich habe dergleichen noch nicht erlebt, aber das will nichts sagen, denn wir sind beide noch ganz jung«, sagte der andere Rosenkäfer; »wenn wir nur jemanden hier hätten, den wir fragen könnten.« Und sie krochen beide ganz nahe zu dem Tautropfen heran und betrachteten ihr Bildnis in ihm.

»Ich bin gewiss ein Auge!«, dachte der Tropfen. »Was für ein merkwürdiges Ding muss ich dann sein!« Denn er wusste nicht, was ein Auge war.

»Wollen Sie nicht einen Augenblick herüberkommen, Fräulein?«, rief der erste Rosenkäfer einer vorüberfliegenden Kleidermotte zu. »Wir möchten nur wissen, ob dies Geschöpf hier ein Auge ist; denn der Rosenstrauch gehört uns, und man muss in seinem Haus Bescheid wissen.«

Die Motte besah den Tautropfen. »Einmal habe ich so etwas gesehen. Ich bewohnte damals eine rotwollene Gardine in einem prachtvollen Palast, den die Menschen ein Theater heißen. Abends kommen sie zu Hunderten, zünden so viele Lichter an, dass es unvernünftig ist, ziehen eine bunte Gardine hoch, die aus Leinwand besteht und ganz ungenießbar ist, und Leute, die dahinter gestanden, erheben einen Gesang und laufen dazu herum, wogegen andere davor auf allerlei Holz- und Blechgerät einen Spektakel vollführen. Nun, jeder hat sein eigenes Vergnügen. Ich meinerseits kann das viele Licht nicht vertragen und bin deshalb sehr bald ausgezogen, so ungern ich auch die Wohnung wechsle. Kurz und gut: Eines Abends saßen zwei Menschenfrauen neben mir; sie gefielen mir nicht, denn sie hatten seidene Kleider an, und ich ziehe Wolle vor. Die eine hatte eine Rose auf dem Kopf, und an der Rose befand sich ein grünes Blatt, worauf ein ganz ähnliches Ding lag, wie das hier. Einmal zeigte die andere darauf und sprach: Gestehe mir, Arabella, ist der Diamant echt? Ganz echt, sagte die andere, er kostet ein halbes Vermögen. Das ist das Einzige, was ich weiß.«

Und die Motte flog davon.

»Also kein Auge, sondern ein Diamant. Was ist ein Diamant? Gewiss etwas sehr Köstliches«, sagte der zweite

Rosenkäfer. »Wir können uns freuen, dass wir ihn in unserem Haus haben.«

»So viel ist sicher, ich bin etwas Köstliches«, dachte der Tautropfen, und er zitterte ein wenig vor Freude und Stolz.

Da knackte etwas, und plötzlich kam ein Schnellkäfer von einem anderen Blatt heraufgesprungen. Er sah grau aus, war aber sehr lustig, und wenn er jemand zu lachen machen wollte, brauchte er sich nur auf den Rücken zu legen und mit dem Kopf zu nicken, dann schnellte er auf, schoss in der Luft einen Purzelbaum und stand wieder auf den Beinen.

»Wünsche wohl geruht zu haben, Kinder. Was habt ihr denn da?«

»Ja, wenn wir das wüssten! Die Kleidermotte sagt, es wäre ein Diamant.«

»Unsinn«, sagte der Schnellkäfer. »Ich behaupte, es ist eine Träne. Ich habe gestern eine ganze Menge davon gesehen. Ein kleiner Mensch ritt auf einem Steckenpferd aus Holz in dem Garten umher und fiel in den Sand. Ich gönnte ihm das eigentlich, denn er hat mich neulich zwischen die Finger genommen und beinahe umgebracht, ehe ich davon schnellen konnte. Er stand auf, nahm das Pferd und schlug es gegen einen Baum, dass es zerbrach. Da kam eine Menschenfrau auf ihn zu. Mama, schrie er, und dabei fielen Dinger wie das da aus seinen Augen, Mama, der böse Baum hat mein Pferd entzwei geschlagen; aber ich will es gewiss niemals wieder tun. Wische die Tränen ab, sagte die Frau und halte dein Versprechen. Ich habe nachher solch eine Träne auf einem Buchsbaumblatt gefunden.«

»Sind Tränen etwas Schönes?«, fragte der erste Rosenkäfer.

»Wenn ihr schon Wasser gesehen hättet, wollte ich sagen, sie sind eine Art Wasser. Ich meinesteils halte nicht viel davon. Adieu, Kinder, ich muss mir Bewegung machen«, und damit sprang der Schnellkäfer auf einen anderen Zweig.

»Es wäre schade, wenn es bloß eine Träne wäre«, sagte der Rosenkäfer nachdenklich. »Vielleicht hat der Schnellkäfer doch Unrecht.«

Eine Stubenfliege kam summend durch das Fenster herabgeflogen.

»Eine Morgenvisite«, sagte sie. »Nur einen Augenblick, Kinder. Eben steht meine angebetete Herrin auf. Ich will auf dem Rücken schnurren, wenn sie nicht das schönste Mädchen unter der Sonne ist; jeden Morgen bringt sie etwas Zucker vom Frühstück und legt ihn für uns auf das Fenster.«

»Was ist das?«, fragten die beiden Käfer und zeigten auf den Tautropfen.

»Hm! Darf man kosten?«

»Bei Leibe nicht! Es könnte dadurch beschädigt werden!«

»Hm! Es erinnert an ein Kügelchen, das meine Gebieterin, auf einer goldenen Unterlage befestigt, an der Brust zu tragen pflegt. Sie nennt es eine Perle. Aber dies Ding hier scheint mir durchsichtiger zu sein. Der Tausend! Sollte es ein Spiegel sein? Kann man sich darin sehen?«

»Freilich, ganz herrlich!«

»Ach, ein Spiegel! Wer doch ein Spiegel wäre!«, seufzte die Fliege und verdrehte den Kopf. »Jeden Morgen steht meine Gebieterin davor und der Spiegel malt sie ab. Sie hat dann ihr Haar aufgelöst und ein weißes Kleidchen an, und ihre Augen schimmern wie Veilchen. Über ihren Zucker freilich geht nichts, das muss ich hinzusetzen. Aber das Ding riecht wie Wasser«, fuhr sie fort; »ich will etwas näher gehen.« Sie steckte den Rüssel hinein und kostete. Der Tautropfen aber schauderte; sie war so hässlich!

»Wasser ist es«, sagte sie verächtlich. »Ganz gewöhnliches Wasser. Wenn es erst wärmer wird, dann könnt ihr es sterben sehen; es dauert ein Weilchen, bis es tot ist, aber in zwei Stunden ist nichts mehr davon zu sehen.« Und sie flog wieder zwischen die Nelken.

»Also doch!«, sprach der Rosenkäfer. »Es sieht so schön aus; wie schade, dass es sterben muss! Wir wollen dabei sitzen und zusehen.«

»Ich will nicht sterben!«, dachte der Tautropfen. »Ich bin ein Spiegel, nichts anderes. Und das schöne Mädchen mit dem aufgelösten Haar und dem weißen Kleidchen muss kommen und mich anblicken, damit ich sie male. Wie mag sie nur aussehen? Aber kommen wird sie, das glaube ich sicher.«

Die Vögel jubilierten und schwangen sich durch die duftige blaue Morgenluft und die alten Bäume; die Blätter schüttelten sich, ganze Ströme Lichts fluteten über den Garten. Von den Sternen war nichts mehr zu sehen; aber im Osten lagen rosige Wolken, und hinter ihnen blitzte und glühte es.

»Die Sonne steht auf«, sprachen die Rosenkäfer.

»Das ist sie, das ist sie!«, dachte der Tautropfen und zitterte so heftig vor Freude, dass er fast hinuntergefallen wäre. »Das ist das schöne Mädchen. Ach, wie reizend sie ist! Und die glänzenden Fäden um sie herum, das ist gewiss das aufgelöste Haar. Wenn sie sich nur in mir spiegeln wollte!«

Aber es war nicht das schöne Mädchen, was er sah, sondern die Sonne. Und die große, stolze Sonne blickte wirklich den armen kleinen Tautropfen an und spiegelte sich, dass er wie ein glühender Funke erschien. Sie sah fast noch schöner aus in dem Tautropfen, als in Wirklichkeit, denn alle Regenbogenfarben flossen um ihr Bild. Dem Tropfen aber wurde so sehnsüchtig zu Mute und so traumhaft leicht, als müsse er Flügel bekommen gleich der Kleidermotte und der Stubenfliege. »Ich möchte zu ihr fliegen«, dachte er; »ich glaube, ich kann es wirklich.«

»Siehst du«, rief der eine Rosenkäfer, »es stirbt! Es wird immer kleiner! Aber es ist einzig schön, fast wie eine kleine Sonne.«

Die Stubenfliege kam wieder aus dem Fenster hernieder und besah aufmerksam den Tautropfen.

»Ich habe doch recht gehabt. Wasser ist es, und jetzt geht es schon zu Ende mit ihm. Es kann keine Sonne vertragen.«

»Sterben wir auch so?«, fragte der zweite Käfer.

»Nein, Herzchen, ganz anders. Von uns bleibt immer etwas übrig; wir sind ganz anders und solider gebaut. Ihr werdet sehen, dass an diesem Geschöpf gar nichts dauerhaft ist. Es verdurstet, sozusagen. Aber ich muss wieder fort; ich wollte nur sehen, ob ich mich geirrt hatte. Auf Wiedersehen!«

»Ich sterbe nicht!«, dachte der Tautropfen. »Sie hat doch unrecht. Ich fliege zu dem schönen Mädchen mit dem langen Goldhaar.«

Und er war sehr glücklich.

Eine Stunde später krochen die Rosenkäfer über die Stelle, wo er gelegen. Sie war leer und trocken.

Die Kunstpuppe.

Es war einmal ein weiser Mann, der die Torheiten der Menschen kannte und gern seinen Scherz mit ihnen trieb. Er war zugleich ein äußerst kunstfertiger Mann; manche behaupteten sogar, er verstünde sich auf Zauberei, solche Kunstwerke und Kunststücke gelangen ihm.

Eines Tages hatte er eine wunderbare Puppe gefertigt. Sie war aus lauter Stücken zusammengesetzt und hatte in ihrem Inneren eine Menge Räder; äußerlich glich sie in allem einer feinen jungen Dame. Wenn er an einen Knopf drückte, so machte sie wohl eine Stunde lang allerlei Bewegungen, wie sie die Leute machen, welche sitzen: mit Oberkörper, Hals, Kopf und Armen. Drückte man an einen zweiten Knopf, so konnte sie auch herumgehen, und wenn er endlich an einen dritten drückte, so nickte und schüttelte sie immerfort abwechselnd mit ihrem Lockenköpfchen und sagte dazu ganz vernehmlich ja oder nein.

Das war gewiss ein seltenes Kunstwerk, und der Meister hatte seine rechte Freude daran, wie sie so hübsch weiß und rot geschminkt dasaß. Und so wunderbar hatte er sie aufgebaut, dass sie in alle ihre Stücke auseinanderfallen musste, wenn er einen Nagel herauszog; das war rasch getan, man brauchte nur den goldenen Kamm herauszunehmen, der hinten am Kopf aus ihrem schwarzen Haar hervorragte, in dem saß der Nagel.

Der Meister wusste auch schon, welch ein Vergnügen er sich mit der Puppe machen wollte. Er bewohnte einsam ein Haus in Lalenburg, draußen vor dem einen Stadttor; dies Haus war von einem hübschen Garten umgeben. Eines Morgens lud er seine Kunstpuppe in einen geschlossenen Wagen und befahl dem Kutscher, mit dem Wagen auf das

Land zu fahren und abends vor Einbruch der Dämmerung wieder zurück zu sein. Beileibe aber solle er sich um die Puppe im Wagen nicht kümmern, und wenn ihn jemand fragen würde, wen er fahre, so solle er nur sagen: Eine fremde Dame, die zum Meister auf Besuch käme.

Der Kutscher nickte, hieb auf die Pferde ein und fuhr durch den Garten davon.

Während des Nachmittags schritt der Meister eilig durch die Straßen der Stadt, wo er erwarten durfte, den vornehmsten jungen Männern zu begegnen. Er wusste, dass sie ihn ansprechen würden, denn er war hoch angesehen und man zeigte gern, dass man mit ihm bekannt war. Es dauerte auch nicht lang, so hielten ihn ein paar fest.

»Ei, ei, Meister«, schnarrte der eine; »gilt es eine Wette? So schnell habe ich Euch noch nicht laufen gesehen.«

»Ich erwarte Besuch, ganz besonderen Besuch«, sprach der Meister, »und ich muss noch einiges einkaufen. Ich habe ihm meinen Wagen entgegengeschickt, der wird ihn gegen Abend bringen.«

»Erst sagt uns, wer es ist, vorher kommt Ihr nicht von der Stelle.«

»Eine Dame, eine schöne Dame«, sprach der Meister und lächelte geheimnisvoll. »Aber ich habe keine Zeit mehr.« Damit entschlüpfte er ihren Händen und war schon ein Stück weiter, ehe sie sich recht besinnen konnten.

»Das muss etwas ganz Besonderes sein«, meinte ein Zweiter. »Gegen Abend müssen wir doch einmal in der Nähe von seinem Garten versuchen, ob wir von dieser Schönheit etwas zu sehen bekommen.«

Noch ein paarmal wurde der Meister aufgehalten, und immer gab er die nämliche Auskunft. Ein paar Stunden nachher saß er in seinem Haus und rieb sich die Hände, in der ganzen Stadt aber wurde schon von der schönen Dame gesprochen, die heute Abend bei ihm zum Besuch eintreffen würde.

Die Dämmerung war nahe, da konnte man die feinsten Modeherren aus der Stadt bei des Meisters Garten herumspazieren sehen.

»Es wird etwas Berühmtes sein«, sprachen die einen, »eine Sängerin oder so etwas Ähnliches.«

»Nein«, sagten andere, »es ist gewiss etwas Vornehmes, wahrscheinlich von hohem Adel oder gar eine Fürstin, die inkognito reist, sonst wäre er nicht gelaufen wie ein Barbier und hätte nicht so geheimnisvoll getan.«

Da kam der Wagen gefahren, und alles schielte in die Fenster: Aber ... husch fuhr das Gefährt hin und in das offene Tor des Gartens, und endlich verschwand es hinter des Meisters Haus.

»Prächtig!«, sagten die jungen Modeherren; »eine wirkliche Schönheit!« Sie hatten nämlich gar nichts gesehen, aber alle taten so für den Fall, dass sie wirklich einer gesehen hätte, damit sich der nichts darauf einbilden könnte.

Manche zogen Ferngläser aus der Tasche und spähten hinter Bäumen nach den Fenstern des Meisters, ob sie etwa dort die schöne Frau zu Gesicht bekämen. Allein der Meister machte es ihnen bequemer. Nach einem Viertelstündchen öffnete sich die Tür, und er spazierte mit seinem Besuch in den Garten heraus; dort legte er mit einer zierlichen Verbeugung ihrem Arm in den seinen und beide hingen in der Nähe des Hauses auf und nieder.

»Wundervoll!«, flüsterten die jungen Herren und brachten die Ferngläser gar nicht mehr von den Augen. »Wie schlank und zierlich sie ist und was sie für eine vornehme Haltung hat! Man sieht gleich, dass sie nicht gewohnt ist, sich zu bücken, und ihre Kleidung ist die feinste, ganz nach der Mode. Nur dass sie einen Schleier trägt, ist verdrießlich, aber wir haben ja ihr Gesicht schon in dem Wagen gesehen.«

Sie hielten aus, bis es dunkelte und der Meister mit seinem Besuch wieder in das Haus trat. Dann kehrten sie heim und schworen, mit der schönen Fremden müssten sie näher bekannt werden. Anderen Tages war die ganze Stadt voll von Gerede über sie. Die Damen rümpften die Nasen, dass sie gar keinen Vergleich mit ihr aushalten sollten, aber neugierig waren sie doch, und alles wartete, ob der Meister nicht mit ihr Besuche machen würde. Doch ein Tag nach dem andern verging, der Meister und sein Besuch zeigten sich nur von weitem im Garten und endlich wurden die jungen Herren ungeduldig. Als erst der eine von ihnen Mut gefasst hatte und beim Meister vorgesprochen war, kamen allmählich auch die Übrigen.

Er empfing alle sehr artig, aber von der Dame bekamen sie nichts zu sehen. Er schien sehr erfreut, als alle mit Begeisterung von ihrer hohen Schönheit und adeligen Haltung sprachen, und meinte: Ihre Schönheit wäre das Geringste an ihr; aber ihren Geist sollten sie erst einmal kennenlernen!

»Beim ersten Zusammentreffen merkt man allerdings wenig davon«, fügte er hinzu. »Sie ist dann steif, spricht wenig und beobachtet bloß.«

»Das ist eben das Rechte«, sagten die jungen Herren galant, »daran kann man die wahre Klugheit erkennen. Unsere Damen plaudern meist alles heraus, was ihnen einfällt.«

Und der Meister nickte ernsthaft dazu.

»Lieber Meister«, wagte sich endlich einer hervor, »Ihr seid doch wirklich recht grausam, dass Ihr solch einen Paradiesvogel für Euch allein behaltet und nicht einmal sagt, wer sie eigentlich ist. Überall in der Stadt wartet man mit Begierde darauf, Euren Besuch kennenzulernen.«

»Ei«, antwortete der Meister, »sie muss sich doch erst ein wenig erholen; denn sie hat ja eine sehr weite Reise gemacht bis zu mir! Eines Tages werde ich ihr zu Ehren eine große Gesellschaft geben und sie vorstellen.«

Wenn solche jungen Herren dann fortgegangen waren, tanzte der Meister wie ein Kranich vor Vergnügen in seiner Stube herum, und dann ging er wohl zu seiner Puppe, streichelte sie, nannte sie seine liebe Fürstin Paphniobulo-Potokolo (diesen närrischen Namen hatte er für sie ausgedacht) und wollte sich halbtot lachen. »Ich werde dich verloben, meine liebe Fürstin«, sagte er einmal, »der größte Narr unter unseren feinen jungen Herren soll dein Bräutigam werden.«

Eines Tages lief ein Diener des Meisters in großer Gala durch die Stadt und trug in die vornehmen Häuser Karten herum, auf denen eine Einladung zu einem Abendessen stand. Am dritten Tag abends sollte es stattfinden.

Da bekamen die Schneider und die Näherinnen Arbeit! Denn alle die vornehmen Damen wollten sich so prächtig wie möglich herausputzen, damit die Fremde sie nicht überstrahlen sollte und die jungen Herren sähen, dass sie doch auch hübsch wären; und die jungen Herren wieder wollten einander den Rang ablaufen, weil jeder wünschte, die schöne fremde Frau möchte ein besonderes Auge auf ihn werfen und auf keinen anderen. Das gab ein Aussuchen, Nähen, Anprobieren! Wohl hundert oder mehr Menschen konnten die Nacht vorher kein Auge zutun.

Der Meister hatte in seinem Haus einen großen Saal, in dem wurde das Abendessen hergerichtet. Kurz vor der bestimmten Zeit briet und brodelte es in seiner Küche, und der Saal mit den gedeckten Tafeln war von Kronleuchtern und Kerzen erhellt.

Nach einem Tafelende zu aber wurde es dunkler und dunkler; dort stand der prächtige Sessel, der für die Puppe bestimmt war. Ihr Platz war der einzige, auf dem kein Zettel lag, sonst befand sich auf jedem ein solcher mit dem Namen dessen, der den Platz einnehmen sollte.

Endlich kamen die Gäste, alle zu Wagen. Eine halbe Stunde lang rasselte es vor dem Haus, ehe alle ausgestiegen waren, und der Meister empfing jeden mit einem artigen Wort oder Scherz.

Von der Fremden war nichts zu sehen, auch dann nicht, als sie alle bei Tisch saßen. Nur ihren leeren Sessel erblickte man. Besonders die jungen Herren, die ihre Plätze neben dem Sessel hatten, konnten vor Ungeduld kaum einen Bissen essen. Der Meister selber saß am weitesten von dem Sessel ganz am anderen Ende des Saales. Dort ließen ihn zwar seine Nachbarn erst einigen Verdruss merken, weil sie die Fremde, wenn sie noch käme, am schlechtesten sehen könnten: Aber der Meister war so lustig und hatte so drollige Einfälle, dass sie immer lachen mussten und ihm nicht recht gram sein konnten.

»Dort steht ja ein leerer Sessel«, sagte endlich einer, »der ist doch wohl für Euren Besuch bestimmt, Meister?« Oder wird der gar nicht bei unserem Mahl erscheinen?«

»Mein Besuch hat sich etwas den Magen verdorben«, antwortete der Meister, »ich soll ihn erst holen, wenn wir gegessen haben.«

Wie ein Lauffeuer ging die Nachricht um die Tafel, und nun war man zufrieden.

Als die Knackmandeln, Apfelsinen, Rosinen und Knallbonbons kamen, stand der Meister auf und ging durch den ganzen Saal und zur Tür hinaus.

»Jetzt kommt sie«, sagte alles und wurde mäuschenstill. Und endlich ging die Tür auf, und der Meister führte die Fremde in den Saal.

»Das ist meine liebe Freundin, die Fürstin Helena Paphniobulo-Potokolo aus Griechenland«, sagte er so laut, dass es durch den ganzen Saal schallte, und alles erhob sich, bis der Meister die Kunstpuppe zu ihrem Sessel geleitet hatte. Dort ließ sie sich nieder. Niemand sah es, wie er hinter ihrem Rücken an den Knöpfen hantierte.

Als man sich wieder gesetzt hatte, begann ein Spähen und Flüstern.

»Sie ist gar nicht so schön«, sagte heimlich eine Dame zur nächsten, hinter dem Rücken eines Herrn herum. »Man sieht ja gleich, warum sie so weiß und rot ist: Das ist alles bloß Schminke. Sie weiß wohl, warum sie sich so hat ins Dunkle setzen lassen. Und ich glaube nicht, dass ihr Kleid kostbarer ist als meins. Es ist mir unbegreiflich, was unsere Herren an ihr finden.«

»Wenn ich so hochmütig aussehen und gar nichts sagen wollte, dann könnte ich auch für eine Fürstin gelten«, flüsterte eine andere, und die es hörten nickten ihr zu und sagten »ich auch«, und dabei nahmen sie sich vor, nun auch gegen alle Herren hochmütig und stumm zu sein.

»Das ist gewiss«, sprach eine dritte, »wenn sie nicht eine Fürstin aus Griechenland wäre, würden die Herren gar kein Aufhebens von ihr gemacht haben; denn sicher haben sie das längst gewusst, obschon sie es verschwiegen haben, um uns neugierig zu machen.«

»Was sie für einen lächerlichen Namen hat«, meinte eine vierte. »Ich danke Gott, dass ich nicht Paphniobulo-Potokolo heiße. So etwas ist auch nur in Griechenland möglich.«

Sie sagten das alles so, dass die zwischen ihnen sitzenden Herren es hören konnten. Aber die achteten nicht im Geringsten darauf oder machten höchstens ein spöttisches Gesicht dazu; denn sie waren von der schönen fremden Dame ganz eingenommen.

»Wie geschmackvoll sie sich angezogen hat«, flüsterte der eine über den Tisch dem anderen zu; und dann nickte der und sagte: »Wundervoll, auf Ehre; und wie vornehm sie dasitzt! Der sieht man auf hundert Schritt die Fürstin an. So etwas muss freilich angeboren sein, dahin bringen es unsere Damen beim besten Willen nicht.«

»Sie muss ungeheuer reich sein«, flüsterte wieder einer, »seht nur, was für Steine in ihrem Schmuck blitzen! Die müssen natürlich echt sein, denn eine Fürstin trägt nie unechte.«

»Ob sie wohl länger hier bleiben mag?«

»Ob sie verheiratet oder eine Witwe ist?«

»Woher mag sie den Meister nur kennen?«

»Sie spricht wirklich sehr wenig, aber wenn sie so den Kopf hierhin oder dahin neigt und manchmal nickt oder schüttelt, dann sieht das wunderbar graziös aus.«

So sprachen die Herren, und manche verwandten kein Auge von ihr.

In der Nachbarschaft des Meisters fragte man diesen allerlei wegen der fremden Fürstin, die er seine Freundin genannt hatte, aber er machte bloß bedeutsame Augen und legte den Finger auf den Mund. Man wäre gern vom Tisch aufgestanden und näher gegangen; aber man musste doch zuerst die Fürstin aufstehen lassen.

Die Herren in der Nähe der Fürstin waren ordentlich blind von der Ehre, ganz nahe bei einer so merkwürdigen, majestätischen Person zu sitzen, die ein Gesicht, einen Hals und Arme so zart wie von Wachs besaß und so feurige schwarze Augen hatte, mit denen sie bald den einen, bald den anderen ansah. Zur Rechten von ihr saß ein »Herr von«, der kein Vermögen hatte, zur Linken ein bloßer Herr, der aber viel Geld besaß. Aber rechte Narren waren sie alle beide. Die hielten nun immer Reden an sie, der eine über seine Vorfahren, der andere über seine Pferde, Hunde, Wagen, Häuser und Güter. Wenn einer fertig war, fing allemal der andere an.

Die Kunstpuppe tat nichts, als dass sie bald einmal nickte und ja, bald einmal schüttelte und nein sagte. Wenn sie ja sagte, so dachte der, welcher gerade sprach: »Aha, sie versteht mich und die Sache gefällt ihr«, und wieder wenn sie nein sagte: »Gewiss hat sie mich nicht recht verstanden, weil sie eine Griechin ist«, oder er dachte: »Sie glaubt dir nicht, und du musst »auf Ehre!« oder dergleichen zur Bekräftigung hinzufügen.«

Manchmal traf es, dass sie gerade nein sprach, wenn einer ein wenig log, und dann verbesserte der sich rasch und dachte: »Der Tausend, was für eine kluge Frau das ist! Gleich merkt sie es, wenn man flunkert.«

Endlich sah der Meister nach der Uhr, ging zu der Kunstpuppe, half ihr aufstehen, und weil jedermann auch aufstand und sich verbeugte, konnte man nicht einmal merken, dass sie selber gar keine Verbeugung machte.

Der Meister und seine Puppe schritten zur Tür hinaus.

Nun kam alles zu den beiden Nachbarn und wollte wissen, wie sie sich mit der Fürstin unterhalten hätten.

»Vortrefflich!«, sagte der reiche junge Herr, und die kleinen Augen über seinen dicken Backen glänzten dazu. »Die versteht es, zuzuhören!« Und der dünne »Herr von« strich sein kleines Schnurrbärtchen und meinte: »Hat mir sehr huldvoll zugehört, die gnädige Frau Fürstin; habe ganze Bücher gesprochen auf Ehre.«

»Und der Verstand erst!«, rief der reiche Herr wieder. »Durch und durch sah sie einen mit ihren Augen, und wenn man's nicht ganz genau mit der Wahrheit nahm, gleich schüttelte sie den Kopf und sagte: nein. Aber so sanft, dass man sich gar nicht ärgerte.«

Eben kehrte der Meister zurück und konnte nicht genug des Lobes über seinen Besuch hören.

»Das trifft sich gut«, sprach er endlich; »meine verehrte Freundin, die Frau Fürstin Paphniobulo-Potokolo, lässt der

Gesellschaft versichern, dass sie sich recht wohl unter ihnen gefühlt habe. Im Vertrauen sagte sie mir«, raunte er der nächststehenden Dame zu, »dass sie die Damen auffällig hübsch, artig und sehr vorteilhaft gekleidet gefunden habe und«, hier wandte er sich zu dem nächststehenden Herrn herum, »von den Herren sagte sie: Auf den ersten Blick hätte sie gesehen, dass sie sich in Gegenwart von lauter richtigen Kavalieren befände.«

Die Dame eilte fort und erzählte es Reihe herum allen Damen, und der Herr wieder allen Herren, was die Frau Fürstin Paphniobulo-Potokolo von ihnen gesagt. Alles war befriedigt und die Damen völlig mit ihr ausgesöhnt. Zwei Herren indes nahmen den Meister beiseite und wollten wissen, ob die schöne Fremde über sie nicht etwas ganz Besonderes gesagt hätte: Das waren ihre Nachbarn.

»Gewiss«, antwortete der Schalk, »sie hätte, sprach sie, die angenehmsten Nachbarn von der Welt gehabt, und wenn sie die Wahl zwischen beiden hätte, wüsste sie wirklich kaum, welchen von beiden sie vorziehen sollte.«

»Sprecht, Meister«, fragte der dicke Herr rasch, »ist sie verheiratet?«

»Gewesen«, meinte der Meister und zwinkerte mit den Augen; »jetzt ist sie Witwe.«

»Ist sie reich?«, fiel der »Herr von« ein und hielt den Meister beim Knopfloch fest.

»Eine Paphniobulo-Potokolo!«, rief der erstaunt. »Jedermann weiß doch, dass dies Geschlecht zu den reichsten in Griechenland zählt. Sonst könnte sie gewiss nicht zum Vergnügen hierher fahren und mir einen Besuch machen.«

Nun gingen die beiden den ganzen Abend tiefsinnig herum.

»Das wäre etwas für mich«, dachte der eine. »Wenn ich eine Fürstin zur Frau bekommen könnte!«

»Das wäre eine Partie!«, dachte der »Herr von«, der kein Geld hatte. »Eine so steinreiche Frau!«

Sie konnten nichts weiter denken den ganzen Abend als immer nur dies. Und als schon alles sich empfohlen hatte und fortgegangen war, da saßen sie beide noch einige Zeit beim Meister und endlich fing der reiche junge Herr an.

»Es scheint, die Frau Fürstin will wieder heiraten«, sagte er, »weil sie von der Wahl gesprochen hat.«

»Sehr möglich«, war die Antwort.

»Im Vertrauen, Meister, es scheint, dass ich ihr gefallen habe. Wie wäre es, wenn Ihr ein gutes Wort für mich einlegtet?«

»Glaube wohl, dass Frau Fürstin, da sie Geld genug hat, einen von Adel vorzieht«, sagte da rasch der »Herr von«. »Bin ganz entzückt von der gnädigen Frau Fürstin.«

»Ich werde mir ihr reden«, sprach der Meister. »Das beste wäre, wir gingen gleich hinauf und fragten. Ich werde in ihr Zimmer treten und ihr könnt draußen stehen und horchen. Es ist merkwürdig, dass ihr zwei sie gleich so ungeheuer liebt.«

»Wirklich ungeheuer«, versicherte der »Herr von.«

»Allerdings ungeheuer!«, beteuerte der reiche junge Herr. »Das kommt einem man weiß gar nicht wie.«

»Jawohl, es fliegt einen an«, sprach zuletzt noch der »Herr von.«

Nun gingen sie zu dem Zimmer, wo der Meister die Puppe liegen hatte, und die beiden standen draußen, während jener zu ihr hineinging und an den dritten Knopf drückte.

»Meine hohe Freundin«, hörten sie ihn sagen, »Eure beiden Nachbarn lieben Euch so ungeheuer, dass sie nichts sehnlicher wünschen, als eine Heirat mit Euch. Würdet Ihr, durchlauchtigste Frau, vielleicht den Nachbarn zur Rechten als Ehegemahl annehmen?«

Bei der Puppe war gerade das Neinsagen an der Reihe, und so schüttelte sie mit dem Kopf und sprach vernehmlich: »Nein.«

»Oder den Nachbarn zur Linken?«

Und die Kunstpuppe nickte nach einer Pause und sagte: »Ja!«

Der »Herr von« war ganz grün und gelb vor Ärger und sprach: »Für so dumm hätte ich sie nicht gehalten.« Damit ging er schnell fort. Der andere wollte vor lauter Glück schon in die Stube stürmen, aber er lief dem Meister in die Arme, der eben herauskam.

»Langsam!«, sprach der Meister. »So geht das nicht. Ihr seid zwar der Auserwählte, aber sie hat mir gesagt, erst bei dem Verlobungsfest würde sie Euch die Hand geben. Und dies wird morgen Abend sein.«

Er zog ihn die Treppe hinunter, da half kein Sträuben.

Das gab einen Aufruhr in der Stadt! Niemand wollte das Wunder glauben, obgleich der reiche junge Mann den herrlichsten Schmuck kaufte, der ein ganzes Haus wert war, und überall herumzeigte. Aber als die Einladungskarten des Meisters kamen, da hatte man es schwarz auf weiß, denn es hieß drauf »zum Verlobungsfest.«

Und am Abend war wieder alles beisammen, was gestern da gewesen war; aber heute war alles erbost auf die Fürstin, und überall gab es spöttische Reden, denn die jungen Damen hätten den reichen jungen Modeherrn lieber selber geheiratet, und die ledigen Herren ärgerten sich, dass nicht sie die Fürstin bekamen, sondern der größte Dummkopf unter ihnen.

Zuerst war großes Essen, wieder ohne die Fürstin. Aber der Bräutigam strahlte vor Freude, und vor ihm und vor dem Sitz der Fürstin standen mächtige Blumensträuße. Und endlich kam der feierliche Augenblick.

Der Meister hatte heute den Sitz inne, den am Abend zuvor der »Herr von« innegehabt hatte, denn dieser hatte absagen lassen und war nicht gekommen. Nun stand er mit feierlichem Gesicht auf und ging hinaus.

Als er wiederkam, hatte er die Kunstpuppe am Arm; der Bräutigam ging gleich zärtlich auf sie zu, um ihr die Hand zu küssen. Niemand achtete darauf, wie der Meister hinten an den goldenen Kamm der Fürstin fasste.

Als der zärtliche Bräutigam sich auf die Hand niederbückte, da hörte er plötzlich über sich ein Geknarr und Gerassel und - pardauz, da stürzte die Frau Fürstin Helena Paphniobulo-Potokolo in lauter Stückchen und Räderchen polternd über ihm zusammen.

Einen Augenblick stand er noch geduckt und wie versteinert, dann richtete er sich auf, sah das Unheil und schoss mit einem wütenden Blick auf den Meister zum Zimmer hinaus.

Jetzt entstand ein Gelächter! Alles stürzte herbei, um die Überreste des Wunders zu sehen, und weil jeder froh war, dass ihm wenigstens nichts passiert war, so fand man den Spaß höllisch und pries mit vielen Worten die Kunst des Meisters.

»Es ist merkwürdig«, sagte der kopfschüttelnd, »er war ungeheuer verliebt in meine Puppe. Ich hätte so etwas nicht für möglich gehalten.«

Damit befahl er einem Diener, alles sorgfältig zusammenzulesen, machte eine Verbeugung, bat, sich nicht stören zu lassen und ging hinaus.

Er kam nicht wieder.

»So sonderbar ist er nun«, sagte man in der Gesellschaft, ehe man nach Hause ging. »Aber man kann sich nicht über ihn ärgern, denn was er tut, ist immer kunstreich und unterhaltend.«

Und so endet das Märchen von der Kunstpuppe.

Der Totengräber.

Der Totengräber, den ich meine, ist ein Käfer, welcher diesen Namen führt, weil er kleine tote Tiere einscharrt; er kriecht dann zu ihnen unter den Staub und frisst von ihnen. Er ist dir wohl manchmal über den Weg gelaufen, wenn du auf schattigen Waldpfaden gewandert bist, und du hast dich über die lebhafteste schwarz und gelbe Zeichnung seiner Flügeldecke gefreut; er sieht so schön aus, und was er treibt ist doch so hässlich!

Da sitzt er, seitwärts von dem breiten, offenen Parkweg, hart am Rand des Grabens, der den Weg von dem Jasmingebüsch und den hohen, sonnendurchleuchteten Buchen trennt; streitige Wegbreitblätter werfen ihren Schatten über ihn. Er ist träge und gesättigt, denn er ist eben unter dem Staub hervorgekrochen, in den er die Leiche eines späten Maikäfers eingesargt hat, und der Staub hat ihm die grellgelben Flecken seines Kleides beschmutzt. Er ist jetzt hässlich wie sein Handwerk.

Seine Fühler bewegen sich leise und seine kleinen Augen blicken schläfrig in die glühende Sommerluft über dem Parkweg.

»Und du wirst doch mein!«, murmelte der Totengräber.

Er meinte die kleine Libelle, die über den Weg hin und her fliegt. Sie war in dem Graben geboren, an dessen Rand der Totengräber saß, und schwebte immer über der heimatlichen Stätte wie der Gedanke eines Menschen an seine Jugend. Sie war auch so zart wie ein Gedanke; ihr Leib war fadendünn, und ihre Flügel wie das Gewebe einer Spinne. Es ist unbeschreiblich, wie schön die Flügel schillerten, wenn sie in der Sonne flog: Meergrün, bläulich und ein wenig rot. Und sie war noch so jung! Sie hatte keinen anderen Gedanken als den, welchen ihr die warme wallende Luft und die strahlende Sonne und das glimmende Grün der Buchen, des Jasmins und des Schilfes einflößte, nämlich den: wie unbeschreiblich köstlich es sei, zu leben.

Sie kreuzte den Weg bald hoch, bald tief, und in einem Augenblick setzte sie sich auf eines der Wegbreitblätter über dem Totengräber, ohne ihn zu sehen.

Er rührte sich nicht, aber er sagte: »Und du wirst doch mein!« Und die kleine Libelle hörte es, kroch an den Blattrand und blickte hinunter: Da sah sie die gierigen Augen des Totengräbers und erschrak ein wenig, dass sie schnell aufflog. Aber als sie wieder in der Luft schwebte, und die Sonnenstrahlen über sie streichelten, muss sie innerlich lachen.

»Wie albern er ist«, sagte sie. »Was habe ich mit ihm zu schaffen? Ich werde nie wieder dorthin fliegen, wo er sitzt.« Und sie flog so hoch, dass sie nicht einmal die Wegbreitblätter mehr erkennen konnte, unter denen er sich befand.

Der Parkweg war so verlassen heute; kein Fuhrwerk hatte ihn seit Stunden passiert und kein menschlicher Fuß ihn betreten. Die Blätter hingen unbewegt, und das Wasser im Graben war glatt wie ein Spiegel. Bloß die Insekten waren lebendig, und die Vögel in Baum und Busch: Ein paar Amseln und die Nachtigall hörte man durch alle anderen Stimmen am deutlichsten. Da lief ein Rauschen die Jasminbüsche herauf, und dann rissen sie auseinander und es sprang etwas Helles über den Graben, das war Irmgard. Ihr schwarzen Zöpfe mit den blauen Schleifen flogen wie dicke Schlangen von dem Musselinkleid auf; so schnell lief sie den Weg herauf, dass man nicht einmal erkennen konnte, wie hübsch sie war. Aber der junge Mann, der hinter ihr drein lief, war doch noch schneller, und dicht bei dem Wegbreit und dem Totengräber hatte er sie um den Leib gefasst und hielt sie fest. Sie sträubte sich erst aus allen Kräften, aber dann war sie plötzlich ruhig, drehte den Kopf herum und sah ihn lachend an, indem sie die Hand auf ihr pochendes Herz legte.

»Nun, Vetter Alfred«, sagte sie mit raschem Atemholen, »ich dächte, jetzt könntest du mich loslassen.«

»Noch nicht«, antwortete der schlanke junge Mann in der Jagdjoppe, dem die braunen Locken feucht in die perlende Stirn niederhingen. »Dazu war die Mühe zu groß, um dich einzufangen, du Wirbelwind.« Und er sah mit seinen Augen, kecken Augen in ihr gerötetes Antlitz und hielt ihre trotzigen Blicke aus, denn dicht vor ihm lachte der kleine Mund mit den schwellenden Lippen und den weißen Zähnchen dazwischen, und ihr warmer Atem wehte ihn berauschender an als der Jasminduft, der von den Büschen herüberkam.

»Warum siehst du mich so an?«, fragte sie.

Er wurde tief rot und ließ sie los und zog die Stirn finster zusammen, wie sein Herz sich zusammenzog. Ihre Frage hatte ihm wehe getan, und er wusste doch nicht warum. Er ging an das Wasser und blickte hinein. Wie dunkel es war! Es spiegelte das Schilf und drüben die ganze Parkseite in allen Farben, und es spiegelte auch sein schmales, gebräuntes Gesicht mit den zornigen Augen und gesenkten Mundwinkeln.

Irmgard hatte sich auf dem Absatz herumgedreht und heimlich gelacht; sie wusste warum, und das machte sie so übermütig. Sie hob einen Stein auf und warf ihn in den Graben, dass das Wasser aufspritzte, gerade an der Stelle, die das Bild des Vetters gespiegelt hatte. Aber er wandte sich nicht um, wie sie erwartet hatte.

Die zitternden Wellenkreise verrannen, und als die Fläche wieder glatt war, spiegelte sie zwei Gesichter, und als er sich überwand und ein wenig zur Seite blickte, sah er in die Augen ihres Spiegelbildes, deren Blick dem seinen begegnete. Es war ein so eigener Blick, fragend und traurig; er meinte ihre junge Seele daraus trinken zu können. So standen sie ein Weilchen.

Endlich flog ein Blatt in das Wasser und im feuchten Spiegel zitterten ihre Bilder leise wie ihre Seelen. »Irmgard!«, sagte Alfred und breitete die Arme aus, und da lag sie an seiner Brust und hatte die Augenlider halb gesenkt und hielt ihm die wenig geöffneten Lippen hin, dass er sie küssen konnte.

Der Jasmin duftete, die Nachtigall schlug und die Amseln flöteten, und in der Ferne rief ein Kuckuck. Sie legte den Kopf auf seine Schulter, und er nahm weiße, verstreute Jasminblätter aus ihrem Haar und warf sie in den Graben. Da fiel ihr Blick auf das Gras zu ihren Füßen und sie sah die Wegbreitblätter mit dem Käfer darunter.

»Ein Totengräber«, sagte sie mit dem Finger deutend.

»Was ist ein Totengräber?«, gab er zur Antwort; »was ist der Tod? Ich weiß es nicht, denn ich bin glücklich.«

Irmgard aber hob die Fußspitze, setzte sie auf die Blätter und trat sie nieder.

»Was tust du?«, fragte er.

»Wer einen Totengräber zertritt, lebt lange. Jetzt werde ich so alt wie Methusalem.«

Sie löste sich von ihm und lachte. »Auf Wiedersehen!« Und sie warf ihm eine Kusshand zu, sprang über den Graben und verschwand in dem Jasmin. Er ging langsam den Parkweg hinauf zum Schloss.

Die Wegbreitblätter richteten sich wieder auf, und der Totengräber saß unversehrt darunter und äugelte wieder nach der kleinen Libelle, die nun wieder tiefer schwebte.

»Und sie wird doch mein«, wiederholte er.

Es wurde Nacht. De Libelle hing an einem Buchenblatt und schlief, und der Totengräber war unter das Gras gekrochen und schlief auch.

Anderswo im Park lag ein Weiher. Die Sterne spiegelten sich in ihm, und zwei schlafende Schwäne schwammen darauf, den Kopf unter die Flügel vergraben. Am Ufer blühten Schilflilien, tief im Dunkel, denn die Uferbäume neigten die Zweige weit über sie zum Wasser, als ob sie dürsteten.

Zwischen den Stämmen schimmerte es weiß; dort, wo man zu der seichten Stelle des Weihers gelangte, trat Irmgard mit einem Kammermädchen an das Ufer. Sie hatten die leichten Nachtgewänder an und machten leise Schritte. »Dass es nur niemand merkt«, sagte Irmgard, und dann sahen sich die beiden an und fingen an zu lachen. Nun half eine die andere auskleiden, und im lichten Hemd, das Haar gelöst, stiegen sie in das Wasser. Es plätscherte kaum, so vorsichtig gingen sie.

»Es ist kalt«, flüsterte Irmgard, »und die Luft ist doch so lau. Man muss tauchen.« Und die beiden tauchten unter und wieder auf, gleich Schwänen. Jetzt rauschte das Wasser um sie, und die Tropfen, die sie in den Weiher schüttelten, gaben feine Töne von sich, als ob Gläser einander berühren.

»Die Nixen singen«, sagte das Kammermädchen.

Sie bewegten sich dreister, schlugen Wirbel um sich und warfen sich Wasser mit der hohlen Hand zu. Im Schilf wachten verschlafene Vögel auf und flogen träge ein paar Schritte weiter. Plötzlich blickte Irmgard über den Weiher hin.

»Ich werde einen Schwan wecken.«

Sie schlug langsam die Richtung nach den träumenden Schwänen ein und kam näher und näher. Nur wenige

Schritte von dem Ersten entfernt tat sie einen halblauten Schrei.

»Laura hilf, ich habe keinen Boden!«

Der Schlamm gab nach, tückische Wasserpflanzen schlangen sich um ihren Fuß. Die weißen Arme rangen über das Wasser hinaus und der Kopf mit den schwarzen Haarsträhnen tauchte angstvoll auf und nieder. Der Schwan vor ihr erwachte und ruderte neugierig auf sie zu, bis er hart neben ihr schwamm. Und in Todesnot schlang sie die Arme um den Leib des Tieres. Die Flügel arbeiteten unter ihr, um sich zu befreien, der stolze weiße Hals krümmte sich mit gellendem Laut hierhin und dorthin, das Wasser gischte und wirbelte um den Knäuel, der um das Leben rang. Nun schlugen flatternd die mächtigen Schwingen auf.

»Laura, ich bin verloren ... und ich will doch nicht sterben ...«

Das Kammermädchen stürzte zum Ufer und lief zwischen die Bäume: »Hilfe, das gnädige Fräulein ...«. Am Stamm einer alten Buche brach sie ohnmächtig zusammen. Kreischende Krähen flogen um die finsteren Wipfel, die Schwäne flatterten ans Ufer und stießen zischende Töne der Aufregung aus. Im Schloss begannen die Hunde zu bellen.

Dann wurde es allmählich still.

Ein paar Tage später war es und ein trüber Morgen. Die Amseln flöteten wieder, und die Nachtigall und Grasmücken sangen, aber die Blätter blitzten nicht und der Tau im Gras funkelte nicht. Der Totengräber kroch aus dem Rasen und schlich über den Weg; der Maikäfer war verzehrt, und er hatte Hunger. Er blickte begehrlich nach den Fliegen, die gar nicht sterben und sich von ihm begraben lassen wollten. Da schwirrte es dicht über ihn hin, wieder und wieder, das war die Libelle; sie war ein paar

Tage älter geworden und sie fürchtete sich nicht mehr vor ihm.

»Was würdest du mit mir machen, wenn ich dein wäre?«, fragte sie.

»Dich begraben«, sagte er grimmig. »Erst begraben und dann auffressen. Wenn du gestorben sein wirst, so wirst du mein sein.«

»Sterben!«, lachte die kleine Libelle, »ich weiß nicht, was das ist. Ich werde mich hüten, zu sterben.« Und sie flog wieder in die Höhe zu den Buchenwipfeln.

Da fingen die Glocken an zu läuten, die im Turm der Dorfkirche hingen, so traurig, als ob sie weinten. Und vom Schloss her kam es den Parkweg herunter, ein schwarzbehangener Wagen mit schwarzbehangenen Pferden davor und ein Zug Menschen dahinter. Auf dem Wagen lagen Blumen, und unter den Blumen lag ein Sarg mit der toten Irmgard, die sie aus dem Wasser gezogen hatten. Und draußen vor dem Park, beim offenen Gattertor, standen wieder Menschen und wischten mit Tüchern die Augen. Ein kleiner Junge war der erste, der sagte: »Jetzt kommen sie!«

Und die Leute murmelten untereinander und eine alte Frau schluchzte und meinte: »Sie war so jung und so reizend und so gut! Aber es ist niemand daran schuld, als die dumme Laura.«

Die kleine Libelle setzte sich tief unten auf ein Buchenblatt, und ganz vorn auf den Rand, damit sie alles gehörig sehen konnte. Aber sie sah eines nicht: nämlich den Sperling, der hinter ihr geflogen kam. Mit einem mal hatte er sie im Schnabel.

»Ach Gott«, sagte sie, »ich glaube, ich muss sterben!«

Der Sperling ließ sie fallen und sie kam auf die Erde. Er war auch gleich neben ihr und sah sie mit seinen großen bösen Augen an.

»Nicht sterben«, jammerte die arme kleine Libelle. »Ich bin noch so jung, und ich bin so hübsch; warum darf ich nicht leben?«

Aber der Sperling sagte nichts als »piep!« und damit hackte er sie tot. Er würde sie auch gefressen haben, aber der Wagen und die Menschen waren nahe und er bekam einen Schrecken und flog plötzlich davon.

Eine Weile nachher krabbelte es in dem Gras, das war der Totengräber, der sich auch geflüchtet hatte; und wie er sich umschaute, sah er die kleine Libelle liegen und steuerte mit langen Schritten auf sie zu. Seine Fühlhörner wackelten und die kleinen gierigen Augen funkelten.

»Jetzt ist sie mein!«, sprach er, »und ich habe doch recht gehabt. Erst werde ich sie begraben und dann auffressen. Sie wusste nicht, was Sterben war, und sie wollte nicht sterben; das ist immer so, wenn man jung und hübsch ist.«

Und er schleppte sie zu einem Häufchen Staub und schob und zerrte, bis sie darunter verschwunden war.

Ein trauriges Märchen! Aber die Märchen vom Totengräber sind niemals lustig.

Der Ring des Bildhauers.

Es war ein junger Bildhauer. Sein Pate, der ihn erzogen, war eben dasselbe gewesen. Ein stiller, trüber Mann, der immer gewehrt, wenn jener mit den Kinderfingern in Ton geknetet oder spielend mit Hammer und Meißel an seinem Steinstück gehauen hatte.

Er war gestorben und hatte dann nichts mehr verwehren können. Sein Pflegesohn war doch ein Bildhauer geworden. Im nämlichen Atelier wie einst der Pate knetete und meißelte er.

Aber er war nicht der stille, trübe Mann. Er besaß Jugendfeuer und wollte das Höchste leisten.

Und jetzt hatte er eine Gruppe fertig; gerade heute, an seinem fünfundzwanzigsten Geburtstag, hatte er sie im Atelier ausgestellt, und die Stadt wusste es, und die Leute, die auf die Kunst hielten, strömten ein und aus.

Eine biblische Gruppe: Christus, dem die Sünderin die Füße salbt. Christus war gut zu erkennen, und es war eine hübsche Sünderin. Wie schneerein der weiße Marmor leuchtete!

Der junge Bildhauer war stolz. Es war gewiss eine Kunstleistung ersten Ranges, die er geschaffen! Da lehnte er in dem sauber gefegten Atelier an einem Tisch, blondlockig und mit glänzenden blauen Augen und jugendlich schlank. Er verneigte sich lächelnd dahin und dorthin, von wo man ihm Lobsprüche zurief. Es war ihm so selbstverständlich, dass heute der Tag seines Triumphes war, und doch tat ihm jedes neue Lob in der Seele wohl. Es kamen freilich auch Leute und gingen wieder, die nichts sagten, darunter gerade einige, deren Lob ihm sehr angenehm gewesen wäre. Aber es passte ihnen wahrscheinlich nur nicht, sich auszusprechen.

»Wenn das doch mein Pate erlebt hätte!«, dachte der junge Bildhauer ein paarmal.

Den ganzen Tag flog es im Atelier ab und zu wie in einem Taubenschlag. Gegen Abend ward es leerer, obschon für Lichter gesorgt war; und der junge Bildhauer meinte: »Es ist schade, eigentlich nimmt sich das Ganze bei Licht noch prächtiger aus.«

Einmal war ein stattlicher alter Mann ganz allein im Atelier; ein Fremder, wie es dem glücklichen Künstler schien. Er betrachtete den Christus mit der Sünderin genau von allen Seiten und machte immer das nämliche gleichgültige Gesicht dazu.

»Wie gefällt Euch die Gruppe, mein Herr?«, fragte der junge Bildhauer hinzutretend.

»Ein leidliches Stück Arbeit; aber der Marmorblock wäre mir unbearbeitet lieber.«

»Was tadelt Ihr denn an dem Werk? Findet Ihr Fehler?«

»Zu tadeln ist nichts daran, ausgenommen dass nichts daran zu loben ist. Wisst, junger Mann, so sieht Menschenwerk aus, das hat ein gesunder, braver, fleißiger Mensch gearbeitet; aber von dem verklärenden Glanz ewiger Schönheit, von dem überirdischen Zauber, der solch ein Bildwerk zu einer Offenbarung stempelt, sehe ich nichts.«

»Meint Ihr nicht, dass der Bildhauer, der diesen Christus und diese Sünderin geschaffen, einst noch Höheres leisten könnte?«

»Ich glaube nicht«, war die Antwort.

»Wer seid Ihr, Herr, dass Ihr so erbarmungslos einem Künstler die Wurzel seiner Kraft, den Glauben an sich selbst durchschneidet?«, fuhr der junge Bildhauer dunkelrot auf.

Der Fremde richtete einen scharfen Blick auf ihn.

»Pietri«, sagte er.

Der junge Mann fiel auf die Knie und presste die Hände vor die Augen. »Pietri«, murmelte er, »der größte Bildhauer der Zeit, der große gewaltige Pietri.«

Die Schritte des Fremden verhallten vor seinem Ohr und er merkte es kaum.

Endlich sprang er empor. »Es ist Neid«, rief er, »es ist Eifersucht.«

Er eilte zur Tür und verschloss sie. Nun war er allein mit seiner weißen Marmorgruppe und den flackernden Lichtern.

Er trat vor die Gruppe, kreuzte die Arme und hob den Kopf hoch. »Du bist d o c h schön, du m u s s t schön sein oder ich bin verloren!«

Aber der erhobene Kopf sank tiefer und tiefer.

»Es ist wahr«, murmelte er mit erstickter Stimme; »kahl, kahl, nüchtern, ohne Glanz, ohne Grazie – eines Stümpers Werk. O du ewige Schönheit, ich werde dich nie finden!«

Länger und länger starrte er mit verloschenen Augen auf die weißen Figuren, dann wurde ihm der Anblick unerträglich. Eine zornige Beweglichkeit kam über ihn. Er sah sich überall um, ging endlich in die Ecke, hob einen Hammer vom Boden und kehrte zu der Marmorgruppe zurück.

Draußen pochten Leute an die Tür – er ließ sie vergeblich pochen und weiter gehen. Er schwang den Hammer über sich, um die Arbeit zu zerstören; aber er ließ den Arm wieder sinken.

So im vollen Lichterglanz vermochte er es nicht. Die Figuren dünkten ihm plötzlich wie lebende Wesen und er kam sich vor wie einer, der einen Mord begehen will.

Er löschte ein Licht nach dem anderen aus, bis ihn eine Finsternis umgab, die nicht dichter sein konnte. Und in der Finsternis flog der Hammer schmetternd auf den Marmor nieder, dass der mit klirrendem Wehlaut in Stücke splitterte. Eine wilde Lust der Zerstörung überkam den jungen Bildhauer, mit tiefem Wehgefühl gemischt, und während er drauf und drein schlug, unbekümmert wie oft er sich dabei die Hand verletzte, fühlte er brennende Tränen der Verzweiflung spärlich auf seine Wangen rinnen.

Zuletzt flog ihm der Hammer aus der Hand. Er musste einhalten und wischte sich über die heißen Augen. Dann suchte er einen der Stühle beim Tisch und sank darauf nieder. Da saß er mit wirren Gedanken, die Ellenbogen auf den Tisch gestimmt, den Kopf in die Hände vergraben. Ein Lichtschein im Atelier weckte ihn aus seinem Brüten. Der Mond war über die gegenüber liegenden Dächer gestiegen und schien durch die Fenster. Geisterhaft im Mondschein sah er die Marmortrümmer liegen; gerade zu seinen Füßen lag vereinzelt der Kopf der großen Sünderin, der ihn mit den weißen Augen wie vorwurfsvoll anblickte.

Ihn schauerte. Er verließ hastig das Atelier und stieg eine Treppe hinauf in seine Wohnung. Sein Diener zündete ihm die Lampe an, dann scheuchte diesen ein Wink aus dem Zimmer. Düster ging der Bildhauer auf und nieder.

Sein Stolz, seine Hoffnungen, seine Zukunft lagen vor ihm wie entblätterte Rosen. Er hatte geträumt, eines Hauptes höher dazustehen als die anderen Menschen: Ein Künstler zu sein, und er war doch nur ein Stümper, ein Handwerker; der große Pietri hatte es gesagt, und heute hatte er es selbst gefühlt. Heute an seinem Geburtstag!

Er wünschte, er wäre nie geboren. Und doch quälte ihn eine brennende Sehnsucht zu schaffen. Großes, Entzückendes, Vollendetes, nur in einziges Mal. Nur nicht ruhmlos vergehen, ein Sandkorn, das Millionen anderen gleicht!

Und er hob die geröteten Augen zur Decke auf und faltete die Hände.

»Himmlische Barmherzigkeit, tue ein Wunder!«

Als er niedersah, fiel sein Blick auf ein Kästchen, das er am Morgen auf einen Nebentisch gestellt hatte um es am Abend zu öffnen. Er trug es zur Lampe.

Es war siebenmal versiegelt, und oben klebte ein Zettel mit vergilbter Schrift. »Meinem teuren Paten und Pflegesohn. An seinem fünfundzwanzigsten Geburtstag, den ihn Gott erleben lasse, zu öffnen«, so hieß es auf dem Zettel.

Die Gestalt des alten Bildhauers trat wieder vor die Seele des jungen, und jetzt weckte sie die Röte der Scham auf seinen Wangen. Aber er gehorchte dem Wink des Toten auf dem Zettel und bröckelte die Siegel ab.

In dem Kästchen lagen ein Ring und ein Brief.

»Mein Sohn«, las der junge Mann, »heute lege ich den verhängnisvollen Ring in Deine Hand. Gnade Gott, dass Du der Versuchung widerstehst, ihn zu gebrauchen; ich habe es ein langes mühevolles, hoffnungsloses Leben hindurch vermocht. Wenn Du inzwischen Deiner Neigung zur Kunst entsagt hättest, oder wenn der göttliche Funke in Dir wohnen sollte, der den großen Künstler macht, dann wird dieser Ring Dir nicht gefährlich werden.

»Ich war nie ein wirklicher Künstler, wie Du als Knabe wähntest. An meiner Wiege stand keine Muse und keine Grazie. Ein Dämon hat mir den Wechselbalg Ehrgeiz in die Kissen gelegt, und der ist mit mir groß geworden und hat mich in die Werkstatt der Kunst geführt. Ich wurde ein Stümper, und als ich das einsah, war es zu spät.«

»In meiner tiefen Not gelangte ich zu dem Ring; wie? Das verschweige ich. In ihm wohnt das, was mir fehlte; ich konnte ihn an die Hand stecken und in jenem Feuer glühen, das unsterblich macht. Ich fand den Mut nicht dazu.«

»Keine höllische Macht hat bei diesem Ring die Hand im Spiel; und dennoch ist ein furchtbares Aber dabei. Nur die Gottbegnadigten tragen jenes himmlische Feuer ohne Schaden in sich; wer es gewaltsam in sich entzündet, den verzehrt es den Leib. Gebrauche den Ring, und Du wirst das Höchste leisten, aber es wird Dein Tod sein; ich – ich hatte das Leben lieber als den Ruhm. Es ist vielleicht eine größere Schwäche noch, dass ich den Ring auf Dich vererbe, statt ihn in das Meer zu werfen.

»Ich wünsche Dir ein langes Leben. Meine Seele geht zum Frieden ein.«

So las der junge Bildhauer und zitterte vor Entzücken. Er legte den Brief beiseite und nahm den kostbaren Ring heraus; ein Goldreif war es, mit einem weißen, blitzenden Stein. Nichts spürte er, als ein leises Schwirren und Beben in den Fingerspitzen, mit denen er ihn angefasst hielt. Glänzenden Blickes neigte er sich über das Kleinod, da die höchste Würze des Lebens und das Bitterste zugleich barg: Den unverwelklichen Lorbeer und den Tod.

Und es kam über ihn wie ein Rausch: Da hatte er den Ring am Finger.

»Ein paar Jahrzehnte früher oder später, was verschlägt das? Lass den Leib sich verzehren; das Leben ist gemein wie das Brot. Ich will sterben wie die geheimnisvolle Blüte einer Königin der Nacht, die das Volk beklagt, wenn ihre Auflösung da ist.«

Er klingelte dem Diener und hieß ihn die Gasthöfe durchforschen, um zu erkunden, wo Pietri, der fremde, so unerwartet in der Stadt erschienene Meister, eingekehrt sei. Der Ausgesandte kam wieder und brachte die Nachricht, jener sei weitergefahren, hoch in den Norden hinauf. Erst nach einem halbem Jahr werde er zurückkehren in den sonnigen Süden.

»Wir werden uns wiedersehen, Meister Pietri«, frohlockte der junge Bildhauer, »anders sehen, als diesmal! Du selber, der mich ausgestrichen aus dem Buch der Gottbegnadigten, sollst mir den Lorbeer auf das Haupt drücken!«

Spät in der Nacht ging er schlafen. Und einmal während des Schlafes wachte er auf. Ein leises Wehgefühl durchzog ihn, ein Zucken und Ziehen und Saugen. Er schauerte ein wenig zusammen; und dann wurde ihm so schwül!

»Schon?«, murmelte er verschlafen. Aber er lächelte darauf und streichelte über den Goldreif am Finger.

Am nächsten Morgen betrat er das Atelier. In seinem Inneren glühte es und in seinem Kopf schwirrte es wunderbar von Bildern und Formen, die er nicht festzuhalten vermochte; prächtige Gewandfalten mit seltener Schattenwirkung, graziöse Linien von Körpern, weiße Gesichter mit wechselnden Zügen, Gruppen, die blitzschnell erschienen und verschwanden: Alles war da, aber er beherrschte nichts.

Die Marmorbrocken waren fortgeräumt und der angemachte Ton harrte seiner.

Er besann sich, während er einen Klumpen Ton spielend in der Hand wog. Dann war er entschlossen.

»Noch einmal das nämliche«, sagte er mit leuchtenden Augen. »Christus und die große Sünderin.« Und er warf den Ton klatschend auf den Tisch. Da fuhr er zusammen. In seinem Kopf war das Chaos von Formen verschwunden, nichts war darin als ein Wille, mächtig und feurig. Aber dort, ihm gegenüber an der Wand stand eine weiße Marmorgruppe von bezaubernden Schönheit: Christus und die große Sünderin.

War das Wirklichkeit oder Phantasiespiel? Jede Form, jedes Fältchen und jeder Muskel war mit wundervoller Klarheit zu erkennen; das schimmernde Lichtspiel des Marmorkorns konnte nicht naturwahrer sein.

Er trat hastig ein paar Schritte hinüber bis zu der Gruppe, griff zu und – griff ins Leere. Aber alles blieb völlig unverändert. Wie Schnee leuchtete der Marmor und immer gleich deutlich und einzig schön war diese Gruppe, von welcher Seite er sie auch betrachten mochte.

»Das wird ein Geschöpf sein«, sagte es mit beglückender Gewissheit in ihm. Sein Auge suchte die Stelle, wo er dereinst seinen Namen einzeichnen wollte – und da stand er schon mit dem fecit dahinter.

Er fasste sich endlich und begann zu arbeiten. Am Abend schrieb er und bestellt den Marmorblock.

Eine merkwürdige Verfassung war es, in der er das Werk schuf. Der Kopf klar und die Hand ruhig; aber im Körper Glut, ein Schwärmen, Bohren und Brennen. Und immer in den Nächten das geheimnisvolle Erwachen, das Saugen und Nagen. Die Freunde, mit denen er zusammenkam, betrachteten ihn mit besorgten Blicken. Wenn sie ihn fragten: »Fühlst du dich krank? Du siehst übel aus!«, so lächelte er, mit den Augen, die immer strahlender und tiefer wurden.

»Ihr ahnt, was mir bevorsteht«, nickte er einmal. »Aber ich werde wie die Sonne sterben, und es wird ein selten schöner Sonnenuntergang werden.«

Sie verstanden ihn nicht, denn niemand durfte in sein Atelier kommen. Sie schickten ihm Ärzte, und er wies sie ab.

Der Sommer verging und die Rosen verblühten, aber auf seinen schmal gewordenen Wangen blühten sie nur desto röter. Er hustete; was verschlug es ihm, dass er die Wege und den Herbstrasen mit Blutblumen schmückte!

Wie hell der Stein an dem Goldreif blitzte! Und wie unvergleichlich sie wurden, der Christus und die große Sünderin mit dem wallenden Haar und dem wehmütigen, feinen Gesicht! Es war Zeit, dass sie fertig wurden, hohe Zeit. Die schmalen Hände des jungen Meisters weigerten sich manchmal, das Werkzeug zu führen.

Und endlich waren sie fertig; wie ihr Spiegelbild stand die Phantasiegruppe gegenüber.

Es war eines Abends, als er mit zitternder Hand das fecit gemeißelt hatte und müde, aber glückselig herüber und hinüber blickte. Da plötzlich bewegte sich drüben die Gruppe, die weißen Gestalten flossen seltsam ineinander und das Ganze begann in Farben zu spielen. Der junge, totsieche Mann sah starr in das Wunder.

Ein herrliches Weib, schön wie eine Göttin und lächelnd wie die Liebe stand da, und nun rührte sie sich und schwebte auf ihn zu, mit elastischer Sohle kaum den Boden berührend. Sie neigte das hohe Haupt zu der Stirn des Verzauberten und küsste sie wie der Lufthauch küsst.

»O ewige Schönheit«, hauchte der junge Bildhauer verklärt und sank wie leblos zusammen.

Die Gruppe war fertig, und Pietri kam nicht. Wie ein Verzweifelter sandte der Kranke ihm Boten entgegen. Er war so sterbensmüde, aber er wollte nicht sterben, ehe Pietri nicht da gewesen. Und endlich langte ein Bote an, der ihn getroffen. Der Meister war nur noch ein paar Tagreisen entfernt.

Da flammte das glimmende Leben in dem jungen Bildhauer noch einmal hell auf. Er ließ durch den Diener das Atelier schmücken, und am Tag, da der Erwartete kommen sollte, stand der Christus mit der großen Sünderin gegen einen Hintergrund von Lorbeeren, Orangen und Palmen, zum Entzücken schön.

Pietri kam nicht.

Die Kraft des Armen, der seiner harrte, sank plötzlich, als der Tag zu Ende war. Mühsam überdauerte er mit seiner letzten Willenskraft die Nacht, um am Morgen des nächsten Tages ließ er sich vor die Stadt hinaus tragen auf einen Berg, um von der schönen Erde Abschied zu nehmen.

Die Herbstsonne strahlte fast heiß; es war als ob die Wolken, die da über das Meer heraufquollen, Gewitterwolken wären. Welch ein zauberhaftes Bild, diese Landschaft! Glitzernde Meerflut, ein Hafen mit Schiffen, dort die Stadt und weiterhin das offene Land im farbigen Herbstkleid.

Ein paar Freunde standen um den Kranken mit den geisterhaft brennenden Augen, der in Decken gewickelt lag, dicht am Felsrand, wie er gewollt hatte. Am Felsabsturz plätscherte das Meer in den Buchten. Von Zeit zu Zeit kam ein Bote und schüttelte das Haupt; dann seufzte der junge Bildhauer tief aus seiner kranken Brust.

Die Wolken zogen herauf, immer schwerer, tiefer, dunkler. Ein paar Blitze zuckten und leises Donnergrollen wurde vernehmbar. Die Freunde wollten den Kranken heimbringen, aber der wehrte ab.

»Ich will versuchen, ob ich so sterben kann, unter Donner und Blitz«, sprach er leise.

Eine Viertelstunde später trat der Diener um eine Felsecke, hinter der sein Beobachtungsposten gewesen war. »Ich glaube, er kommt«, sagte der Diener.

Und der ernste Mann, der bald nachher so eilig um dieselbe Felsecke bog, war Pietri, mit einem Lorbeerzweig in der Hand. Er kniete zu dem matt Lächelnden nieder, der seine Arme ein wenig hob.

»Unglücklicher«, sprach er und legte den Lorbeer über sein Haar, »warum müsst Ihr sterben? Unvergänglich ist, was Ihr geschaffen habt, und ich will Euch preisen, wo man die Kunst ehrt, da es mir verwehrt ist, Euch zu beneiden.«

»Warum sterben?«, flüsterte der junge Bildhauer träumerisch – ja, warum?« Und seine Hand spielte mit dem Ring. Dann schloss er die Augen und schlummerte. Er hörte nicht, wie der Donner stärker und stärker rollte, und sah nichts von den Blitzen. Als die Windsbraut über den Berggipfel sauste, erwachte er.

»Es ist aus«, stammelte er, richtete sich mit plötzlichem Besinnen auf, zog den Ring von der Hand und warf ihn über die Klippen ins Meer.

»Es ist aus«, wiederholte er und nickte den Freunden und dem Fremden zu; »aber ich habe gesiegt.« Dann blickte er plötzlich weit in die Luft hinaus und faltete die Hände. »O ewige Schönheit!«, murmelte er, wie mit den Augen etwas verfolgend.

In Donnerschlägen und Windesbrausen schied seine Seele.

Der Abendfriede.

Es saßen zwei alte Leute, Mann und Frau, auf der Steinbank vor ihrem Häuschen; zwei steinalte Leute. Sie waren schon so lange miteinander verheiratet, dass sie sogar die goldene Hochzeit gefeiert hatten, und das will etwas sagen.

Recht würdige alte Menschen geben immer ein rührendes Bild ab. Sie gleichen jenen hohen, einsamen schneeweißen Alpengipfeln, die man auch ohne tiefe Rührung sehen kann: So spärlich und einsam stehen sie unter den zahlreichen Häuptern jüngerer Geschlechter, so still und ernst und groß muten sie an, so weit vermag ihr Blick in die Ferne zu schweifen; und wie jene, entbehren sie den Schmuck blühender, schwellender Lebenskraft: Weiß liegt es auf ihrem Scheitel, und runzelig ist ihre Haut wie der zerrissene und zerklüftete Fels des Hochgebirges. Besonders rührend aber ist ein altes Ehepaar, das durch ein ganzes Leben mit Leid und Lust wie zu einem einzigen Menschen zusammengeschmiedet worden ist, so dass Mann und Frau gar nicht mehr fühlen, wie sie sich lieb haben.

Sie saßen beide ganz stille, denn die Stunde war nahe, wo der Abendfriede durch die Luft zieht, und da wird es in jedem Herzen still, am meisten aber bei alten Leuten.

Sie dachten an dies und das, an Vergangenheit und Zukunft.

Die laue Sommerabendluft strich um das Häuschen so weich wie Kinderatem. Über die Wiesen und Äcker mit dem Grünen Sammet und dem gilbenden Ährensegen zog sich der Widerschein der Abendröte; die Grillen zirpten, die letzten Lerchen wirbelten im Trichterflug zu ihren

Nestern nieder und ferne begannen die Geisterrufe des Wachtelkönigs.

Im Dorf scholl munterer Kinderlärm, und über allem Irdischen in hoher Luft Glockenläuten, das Läuten der Feierabendglocken.

Immer stille wurde es; die Glocken verklangen, das Abendrot verglühte, und jetzt tauchte blitzend am dämmernden Himmel der erste Stern auf.

Da kam er, der Abendfriede. Von dem Stern flog er her, schnell wie das Licht fliegt, ganz etwas Unsichtbares. Wenn einmal einen Augenblick gar nichts weiter zu hören war, selbst nicht das leise Wehen des Windes, dann spürte man im Ohr ein Flügelrauschen, aber ganz schwach; das kam von ihm. Er war eine Art Engel und der blinkende Stern droben seine Wohnung.

Er blieb heute lange bei den zwei alten Leuten; er schwebte um sie, und so oft er über sie hinstrich, schüttelte er ein wenig die Flügel, da rieselte es auf sie nieder, wunderbare Tropfen der Erquickung, dass ihnen das Herz freudiger schlug als sonst.

»Es ist doch schön auf Gottes Welt, Gertrud«, sagte der alte Mann; »es will mir gar nicht recht zu Kopf, dass wir nun bald fortmüssen. Ich glaube, ich könnte dreimal so alt werden, wie ich bin, und ich würde mir nicht wünschen, meines Leibes ledig zu werden.«

»Rede nicht so, Heinrich«, antwortete das alte Mütterchen und hüstelte ein wenig, »das ist doch dein Ernst nicht. Wir haben beide allerlei Gebrechen, die uns quälen, wenn auch gerade nicht auf diese Stunde. Ich weiß wohl, was ich mir alle Nächte wünsche, wenn der Husten kommt, dass man nicht schlafen kann und denkt: Hüter, ist die Nacht schier hin? Oder wenn mir die Hand zu zittern anfängt, dass die Arbeit hinausfällt auf den Estrich. Ein alter Mensch ist so mürbe und zerrieben, dass er froh sein muss, wenn er auseinandergeht und die müde Seele Frieden findet.«

»Nein«, sprach der Greis wieder, »ich fühl's nimmer, dass mir so zu Mute wäre. Der Tod ist alleweg ein bitteres Kraut, da wollen wir uns nichts einreden. Vielleicht wenn ich meine Kräfte nicht mehr hätte, dass mir das Auge trüber oder das Ohr taub wäre oder mir kein Essen mehr schmecken möchte: Dass ich dann lieber stürbe als jetzt. Aber so weiß ich schon, ich werde ein schweres Sterben haben, wenn ich denke, dass ich nachher Gottes Sonne nicht mehr sehe und das liebe Gewächs, mit dem ich mich mein Lebtag abgegeben habe, und alles das nicht mehr höre, was mich immer gefreut hat, die Vögel, die Kinder im Dorf, die Orgel und die Glocken.«

So redeten sie eine Weile hin und her, und über ihnen auf der Laube saß unsichtbar der Abendfriede und lächelte so lieb wie Engel lächeln.

Er hörte jedes Wort, das sie sprachen, zuletzt wurde er nachdenklich.

Er dachte sich etwas aus, etwas recht, recht Schönes. Und endlich hatte er das Richtige. Aber er konnte es nicht ausführen wie er wollte. Ohne den lieben Gott, der erst ja dazu sagte, ging das nicht.

Die beiden alten Leute begaben sich in das Häuschen, und er flog weiter und schüttelte seine Schwingen recht oft, denn er war jetzt ganz besonders froh. Reichlicher als sonst lag die Welt voll von dem Wundertau der Erquickung, als er zum Himmel aufstieg.

Er schwebte dieses Mal bei seinem Stern vorüber, zu Gott hin. Und als er dort gesagt, was er sich ausgedacht hatte, da lächelte ihm der himmlische Vater zu und nickte.

Und nun war der Abendfriede erst recht glücklich.

Einmal des Abends blieb er bei dem Häuschen und wartete, bis die beiden alten Leute schliefen. Dann huschte er in die Schlafstube hinein und erlöste die Seele des alten Mütterchens von ihrem Leib, ganz in der Stille.

Wie wurde die so froh und jung! Sie sah den Abendfrieden an und sagte: »Dich kenne ich, du musst des Abends manches Mal um uns gewesen sein.«

»Ja«, nickte der ihr zu. »Ich bin der Abendfriede. Ich will dich mit zu meinem Stern hinaufnehmen. Er hat das allersanfteste Licht, und sanft und friedlich wie sein Licht ist alles auf ihm.«

»Ach«, sagte die Seele des alten Mütterchens, »willst du mich allein erlösen und ihn dort nicht?« Und sie zeigte nach dem Bett, in dem der alte Mann schlief, der keine Lust hatte von der Erde zu scheiden.

»Noch nicht«, nickte der Abendfriede zu dem Bett hinüber, »aber bald!« Und er lächelte wie in Gedanken.

Das sah die Seele der alten Frau und es überkam sie so friedlich und freudig; und die beiden schwebten himmelauf zu dem Stern hin.

Acht Tage lang ließ sich der Abendfriede nicht bei dem Häuschen spüren; nur im weiten Bogen flog er um dasselbe herum. Dann kam er wieder zu der Steinbank.

Aber der alte Mann war nicht auf der Steinbank.

Er guckte in das Fenster, und da sah er ihn drinnen auf der Ofenbank sitzen und schlüpfte in das Stübchen.

Der arme alte Mann war ganz allein. So wehmütig sah es aus, wie er ganz versunken dasaß, die braunen, schwieligen Hände zwischen den Knien zusammengelegt. Er weinte nicht, aber seine Augen waren rot und er hatte das weiße Haupt gesenkt und rührte sich nicht. Die Kuckucksuhr an der Wand tickte so eilig, als ob sie etwas versäumt hätte, und das Herz des Greises tickte auch, aber so müde, so langsam!

Neben ihm lagen das Gesangbuch und die Brille; und in dem aufgeschlagenen Gesangbuch war ein Lied zu sehen, das fing an:

Jerusalem, du hochgebaute Stadt,
Wollt Gott, ich wär in dir;
Mein sehnlich Herz so groß Verlangen hat,
Und ist nicht mehr bei mir.
Weit über Berg und Tale
Und über blaches Feld
Schwingt es sich über alle
Und eilt aus dieser Welt.

Der Abendfriede las das und hatte wieder ein Engelslächeln auf den Lippen.

Nun fing der alte Mann an, vor sich hin zu sprechen.

»Sonst saßen wir um diese Zeit auf der Bank draußen. Aber nunmehr bringe ich es nicht über das Herz, hinauszugehen. Es ist mir alles vergällt. Das Licht tut meinen Augen weh, vor dem Vogelgepiep und den Kinderschreien schmerzen mich die Ohren, und wenn ich die Glocken so läuten höre, quält es mich da drinnen, wo das Herz sitzt. Die Glocken haben auch geläutet, als wir mein altes Mütterchen Gertrud begraben haben.

»Was soll ich auch noch auf der Welt? Das möchte ich wissen. Ich ginge je eher je lieber hinaus; aber da lässt mich's nicht, als ob die Welt ohne mich nicht bestehen könnte. Jeder kann froh sein, der erlöst ist. Ach, lieber Tod, komme bald!«

»Ich glaube, dass er wirklich kommt, denn ich weiß nicht, wovon mir jetzt so wohl wird.«

Er konnte es nicht merken, dass der Abendfriede über ihm flog und seine Flügel schüttelte. Der Wundertau rieselte hernieder, das war es, was ihm so wohltat.

Der Tod kam nicht, aber erlöst wurde er doch in der Nacht, so sanft wie das alte Mütterchen, und es war wieder der Abendfriede, der ihn erlöste.

»Ach, das ist schön«, sagte die Seele des alten Mannes zu dem Engel. »Nun führe mich zu meiner lieben Gertrud.«

Und der Abendfriede nickte.

»Weißt du noch«, sprach er unterwegs, »wie du die Erde so schön fandest und gar nicht begreifen mochtest, dass man sie gern verlassen könnte?«

Die Seele dachte nach.

»Das muss wohl gewesen sein, ehe die Gertrud starb.«

»Freilich«, meinte der Abendfriede; »ich habe sie dir eben genommen, damit du anderen Sinnes würdest; denn ich wusste, alsdann würdest du dich bekehren. Und soll ich dir sagen, warum ich das wünschte?«

»Nun?«

»Die da widerwillig sterben, mäht der Tod, und sie kommen an einen anderen Ort als die, welche den ewigen Frieden ersehnen. Ich aber wollte euch beide gern zusammen und bei mir haben: Das war's.«

Wie das Antlitz des Abendfriedens leuchtete! Hast du schon eines Menschen Gesicht glänzen gesehen, der eben eine gute Tat getan? So ungefähr aber viel verklärter.

Venezia.

Weit im Süden gibt es eine Märchenstadt, die jeder besuchen kann. Durch ihre Straßen plätschert das Meer, und in der plätschernden Meerflut spiegeln sich Marmorpaläste. Es ist unmöglich, in der Stadt einen Wagen zu sehen, und die zwei oder drei Pferde, die es in ihr gibt, werden wie Menagerietiere bestaunt. Wenn die Ausrufer nicht lärmten, so würde man eine wunderbare Stille in der Stadt haben, denn die Gondeln, die über das Wasser gleiten, hörst du kaum.

Im Hafen liegen Seeschiffe; sie kommen und sie gehen wieder. Am Ufer siehst du zuweilen die gelben und schwarzen Kinder Indiens und Afrikas wandeln. Wie weich die Seeluft weht und wie zart blau der Himmel sich spannt! Schimmernde Inseln tauschen aus der Flut mit farbigen Häusern und gewölbten Domen, auch eine Inselspitze mit grünen Gärten, fern am Horizont: Der Lido heißt sie.

Das Seewasser plätschert leise an den Marmorstufen des Ufers, und die weiche Seeluft streicht über sie hinweg zwischen die Wunderbauten eines schmalen Platzes, auf dessen Marmorpflaster die Sonne brennt. Dann biegt sie links um einen einsam stehenden hohen Turm auf einen breiteren Platz.

Dieser ist die Piazza von San Marco; und die Märchenstadt heißt Venedig.

Drei lange, kunstreiche Häuserfronten und eine seltsam prächtige Kirche fassen die Piazza ein. Marmorn ist die Kirche, marmorn sind die Häuser, marmorn ist das Pflaster. Ein Säulengang führt ringsum unter den Häuserfronten hin, und die Säulen sind wieder Marmor. Eine unbeschreibliche Pracht.

Auf der Piazza schwirrt und flattert es, duckt und gurrt.

Das sind die Tauben von San Marco. Es ist Mittag, und sie werden gefüttert, und die Kinder stehen herum und sehen zu. Wenn die Tauben von San Marco satt sind, fliegen sie mit jauchzenden Flügeln auf die Kirche, den Turm, die umstehenden Häuser, deren zwei Prokuratien heißen, oder himmelauf, so hoch, dass sie die ganze Märchenstadt sehen können.

Welch ein Anblick! Die Häuser und Paläste glänzen in lichten Farben, die Meerflut zittert und blitzt, die schmalen schwarzen Gondeln schießen da und dort. Und die Häuser sind heute mit Blumen und Teppichen geschmückt, die Schiffe sind überflattert von allen Wimpeln und Flaggen, die sie besitzen, und auf den Kähnen befestigt man Lampions, Papierlaternen und Kränze.

Es ist ein Festtag heute.

Aber die Tauben von San Marco senken die Flügel und schweben auf die Gebäude nieder, und dort nicken sie einander geheimnisvoll zu und schütteln sich wohl auch, als hätten sie an dem Fest etwas auszusetzen.

Sie wissen allerlei, was die Menschen nicht wissen.

Es wird Nacht, und die Tauben sitzen noch immer auf den Dächern. Heute ist die Nacht, in der sie nicht schlafen.

Die Piazza ist hell erleuchtet wie ein Ballsaal, und aus dem Menschengewühl drunten schallt Musik herauf. Im Hafen tummeln sich die Gondeln; die farbigen Ballons leuchten durch das Nachtdunkel, das Meer glänzt im Widerschein von Flammen: Eine Lichterstraße führt gleich einer hellen Brücke zum Lido hinüber, wo die Raketen und Feuergarben aufschießen, wie alljährlich in dieser Nacht.

Die Stunden verrinnen. Mitternacht ist lang vorüber.

Auf der Piazza ist es leer und dunkel, und leer und dunkel ist es im Hafen und auf der Riva, dem Hafenufer; nur dass am stahlblauen Himmel die Sterne scheinen und fern über dem Lido ein Schimmer liegt. Von irgendwo klingt leise Tanzmusik.

Die springenden Ziffern der künstlichen Uhr auf der Piazza sind plötzlich verfinstert, als geschähe, was nun geschieht, außerhalb der Zeit.

Ein silberheller Pfiff schallt durch die Nacht; die Tauben von San Marco hören ihn, und wie ein Heer von Geistern schwirren sie von den Dächern nieder und verschwinden im Hof eines Palastes, der von der seltsam prächtigen Kirche bis zum Hafen reicht.

Wohin?

Ein Treppenaufgang ist dort, den man die goldene Stiege nennt. Tief unter der goldenen Stiege, zwischen den Grundmauern des Gebäudes, ist ein Saal. Ampeln hängen von dem Gewölbe nieder, und die weißen geschliffenen Marmorwände leuchten von ihrem Schein mit Märchenglanz. Ein Teppich deckt den Boden, leuchtend rot und grün und blau; in den Saalecken stehen Marmorbilder, und in einem Kamin lodert ein Feuer.

Mitten im Saal streckt sich ein Ruhebett, auf dem eine hohe Frau sitzt; das Licht der mächtigen Ampel über ihr fällt auf ihr rötlich blondes Gelock, auf ihren weißen Nacken, auf die Stickerei des Kleides. Ein Diadem von Gold und Edelsteinen blitzt über der Stirn, Perlenschnüre schlingen sich durch ihr Haar, Korallen und Goldspangen sind ihr Schmuck. Eine königliche Frau!

Regungslos lauscht sie, ein silbernes Pfeifchen in der Hand. Man hört das Kaminfeuer knistern und die Wellen des Kanals an der Mauer schlagen.

Vor der Mitte dieser Mauer steigt eine gewundene Treppe aufwärts durch das Gewölbe, und plötzlich rauscht es im Inneren der Treppe und herein fliegen die Tauben von San Marco. Wie es raschelt und duckt und gurrt auf den Decken, die von dem Ruhebett niederhängen, und zu den Füßen der hohen Frau auf dem Teppich! Sie aber spricht müde und traurig ein paar Worte in dem reichen Italienisch von Venedig.

Die Tauben schwirren fort, geflügelte Boten, und sie bleibt wieder allein. Sie verlässt das Lager und nimmt von dem Marmorkamin ein Buch mit goldenen Deckeln, das trägt sie auf den Pfühl hin, schlägt es auf und liest darin. Nicht steht drinnen als Namen, uralte und mit späterer Schrift geschriebene; und sie flüstert einen nach dem anderen, bald stolz, bald traurig, bald zornig. Manchmal lächelt sie auch. Wenn sie die Rechte in die Lichtflut der Ampel bringt, so blinkt ein Ring am Ringfinger.

Da regt es sich wieder auf der Treppe und kommt tiefer und tiefer: Wuchtige Tritte von Männern; und dann werden die Gestalten sichtbar, zumeist alt, mit ehrwürdigen Bärten und ernsten, faltigen Gesichtern. Des einen Haupt ist mit schwarzem Tuch verhüllt, und die anderen weichen ihm aus. Als er gleich jenen vor der hohen Frau niederkniet und den Nacken beugt, kann man sehen, wie ein roter Streifen um seinen Hals läuft und wie ihre Brauen sich zornig zusammenziehen. Und sie murmelt seinen Namen: »Falieri«.

Immer mehr Männer erscheinen, der ganze Saal füllt sich. Sie tragen lange Brokatgewänder, Schwerter, goldene Ketten und wunderlich hohe, spitze Mützen.

Endlich erhebt sich die Frau von dem Pfühl, im Arm das Buch mit den goldenen Deckeln; mächtig ragt sie wie eine Göttin aus der Schar, und mit lauter Stimme ruft sie in ihrer süßen Sprache: »Dogen von Venedig, seid mir gegrüßt!«

Draußen durch die Nacht im Hafen gleitet mit Ballons und Lichtern ein Prachtschiff. Die Vergoldung des Kunstschmucks an seinen Wänden glimmt mit stillem Glanz; Blumengewinde ziehen sich von Fenster zu Fenster, und Blumengewinde sind die Taue, die zu den Segeln hinauf laufen.

Um seine Mastspitzen fliegen wie eine dunkle Wolke die Tauben.

In dem Kanal unter der Seufzerbrücke halten Gondeln, und in jeder stehen zwei Leute, einer mit einem Ruder, der andere mit Fackeln. Da öffnet sich die Mauer, und nun steigen sie aus dem tiefen Marmorsaal herauf, die hehre blonde Frau und die Männer, und füllen die Gondeln; die Gondolieri rudern sie unter der Treppenbrücke hin zu dem wundersamen Schiff. Geistergesichter schauen aus den Fenstern der Seufzerbrücke, durch die Gefängnisgitter und aus der Flut des Kanals, tödlich blass, und starren den Fahrzeugen nach.

Vom Schiff hängt eine Treppe nieder, und als die Fackelträger nahen, flammt am Schiffsschnabel eine Inschrift auf: Bucintoro.

Endlich ist alles oben, die Segel des Wunderschiffes blähen sich, die Girlanden schwanken mit ihren Ballons, und da gleitet es hinaus in den Sternenspiegel der Adria: Vorweg das Schiff, hinterher die Gondeln mit den Fackeln.

Sie fahren weithin in die Nacht. Inmitten des Meeres hält das Schiff. Auf dem Vorderteil ist ein Baldachin errichtet, unter dem sitzt die hohe prächtige Frau auf einem Thronsessel. Sie ist blasser und blasser geworden, je weiter sie auf das Meer hinaus gekommen. Wie sie jetzt aufsteht und mit dem Goldenen Buch im Arm an die Brüstung vortritt, ist ihr Auge umflort und ihre Lippen zittern.

Sie legt das Buch auf den Boden, kniet darauf, und während sie sich über den Rand des Schiffes neigt, zieht sie den Goldreif vom Finger und wirft ihn dem Wasser zu. Die Gondeln umringen die Stelle und beleuchten sie durch Fackelschein, sorgenvoll gespannt blicken die ernsten, bärtigen Gesichter unter den spitzen Mützen zu ihr nieder, und über ihr schweben mit zitterndem Flügel die Tauben von San Marco und recken die Köpfe hinab.

»Gott des Meeres, mein Gatte«, spricht die hohe Frau mit schwankender Stimme, »so vermähle ich mich dir aufs Neue, die Verlassene, Verstoßene!«

Der blitzende Goldring ist in die Tiefe gesunken, starr und atemlos blickt alles dahin, wo er durch die Fläche brach.

Da dringt ein lichter Schein aus der Tiefe herauf, breiter und breiter wird er, flimmernde Kreise schlingen sich im Schoß des Wassers: Das sind lauter goldene Ringe, die durcheinander tanzen, an die tausend. Das Wasser ist durchleuchtet, als ob eine unterseeische Sonne schiene.

Ein Schauer geht über den Leib der Frau und sie neigt sich weiter über die Brüstung und beobachtet einen dunklen Gegenstand, der durch den Glanz herauf quirlt. Die Tauben senken sich so tief nieder, dass sie ihn vor ihr verdecken; ihr Fittich scheint das Wasser zu streifen.

Plötzlich stieben sie auseinander.

Die eine aber trägt den dunklen Gegenstand im Schnabel und bringt ihn der stolzen blonden Frau: Ein beinernes, wachsüberzogenes Täfelchen, darauf steht ein Wort eingekratzt. Dies Wort bedeutet: Nimmermehr.

»Nimmermehr!«, flüstert die schöne Frau.

Sie lässt das Täfelchen in das Wasser fallen, der Glanz drunten verlischt wie ihre Hoffnung.

Sie stöhnt tief auf, als wäre sie todwund, und ihr Haupt sinkt schwer in die Hände.

»War ich wirklich die Königin der Meere«, murmelt sie dumpf, »die glückliche Fürstin, die geliebte Gattin, so lange? War ich das Weib, dem die Schätze des Meeres und der Erde zuflossen? Drei Königreiche gab er mir zum Angebinde, auf den Sederstangen bei meinem Palast wehten ihre Flaggen; Kaiser und Könige hörte ich meine Schönheit preisen und meine Macht huldigen. Jahr und Jahr, an diesem Tag unserer Vermählung, habe ich mich geschmückt für meinen Gatten und wir haben unseren Bund erneuert. Aber es wurde lauer, und endlich wurde er meiner müde. Ich weiß es wohl, warum.

»Wer gibt mir meine Jugend wieder?«

Und die stolze Frau schluchzt bitterlich.

»Er hat genommen, was er mir geschenkt hat, und anderen geschenkt: Sypern hat er weggegeben, Kandia, Morea, die kleinen Diamanten meiner Krone auch, alles, alles! Sie waren jung und blühend, denen er es gab, und ich wurde älter. Ich wusste ja, was kommen würde, und es kam.

»Er hat mich verlassen, verstoßen und in die Hand von Fremden gegeben; Fremde mussten mich erlösen und in das Haus meiner Mutter führen.

»O du treuloser Gott - und ich liebe dich doch, und jedes Jahr buhle ich wieder um deine Liebe, wissend, dass es umsonst ist, und dass du kein Wort für mich hast, als das eine schreckliche Wort: »Nimmermehr!«

Ihr Leib bebt und ihre Tränen strömen; fallende Blütenblätter von den Girlanden wehen nieder in ihr goldiges Haar. Endlich legt sich eine Hand auf ihre Schulter, und die Stimme eines Greises, der hinter sie getreten ist, spricht trübe und tonlos: »Fürstin, es ist Zeit.«

»Ja«, sagt sie, »es ist Zeit«, und erhebt sich langsam. Sie wischt die Tränenspuren von ihrem Gesicht, und der Greis hebt ihr das Buch auf und führt sie zu dem Thronsessel.

Das Schiff segelt, und die Gondolieri tauchen die Ruder ein, und droben flattern mit klatschenden Flügeln die Tauben von San Marco. Fern über der Küste von Dalmatien geht der Mond auf.

Schweigend gelangen sie in den Hafen, in die Gondeln und in den Saal mit den schimmernden Marmorwänden. Sie sehen nicht, wie die Geisterlichter in der Seufzerbrücke, hinter den Gittern und auf dem Grund des Kanals sich höhnisch verziehen.

»Bis übers Jahr«, sagt die stolze, unglückliche Frau zu den Männern, die sie geleitet haben. Und die Männer knien wieder vor ihr und neigen das Haupt, ehe sie treppauf gehen und verschwinden.

Nun ist sie allein.

Sie nimmt das Goldene Buch, trägt es zum Kamin und wirft es in die Flammen; die goldenen Deckel zerschmelzen und die Blätter verbrennen zu Asche, und die hohe Frau seufzt tief auf.

Dann geht sie zu dem Ruhebett, legt sich wie zum Schlafen zurecht und schlägt die Decken über sich zusammen, die auf den Teppich niedergehangen haben; man sieht jetzt, dass die untere Seite derselben schwarz ist, und man kann jetzt bemerken, dass das Ruhebett wie ein Sarkophag aussieht.

Der Sarkophag ist von schwarzem Marmor und trägt eine goldene Inschrift, die lautet: Venezia.

Die Liegende schließt die Augen, das Feuer im Kamin verlöscht, die Ampeln brennen trüber und trüber; endlich sind sie auch verloschen. Im Saal herrscht Dunkel und Schweigen bis auf das Wellenrieseln an der Kanalmauer.

Zur selben Zeit hält fern auf einer anderen Seite der Stadt, beim Arsenal, das Wunderschiff. Helle Flammen schlagen aus seinem Bauch und züngeln aus den Fenstern der Wände hinauf. Die Segel lodern, die Girlanden knistern und in den Planken kracht und knarrt es dumpf, bis alles in einer feurigen Lohe verschwindet. Endlich versinken die Trümmer zischend in der dunklen Flut und die Mondesdämmerung der Frühnacht schlägt über der Stelle zusammen.

Auf den Dächern der Piazza aber sitzen die Tauben von San Marco und wachen den Morgen heran. Da fährt das Frühlicht über den Hafen, die ersten Boote vom Lido, von Malamocco und von Thioggia schwimmen auf der Lagune und eine Glocke fängt an zu läuten. Nacheinander stimmen hundert andere ein.

In der Gondel liegt träumend ein junger Mann und summt eine traurige Melodie zu den Rhythmen der Glocken, während seine Linke den Strohhut hält und seine Rechte in dem kühlen Wasser plätschert. Das ist der Einzige, der um das Märchen dieser Nacht weiß, denn er ist ein Sonntagskind und ein Dichter.

Die drei Brillen.

Durch das Dorf ging ein Jude, der trug um den Hals einen Kasten und rief mit näselnder Stimme: »Brillen, wer kauft? Schöne Brillen, wie man sie haben will.«

Es war ein recht schäbiger alter Jude, und niemand war zu sehen, der kaufen wollte.

Da kamen drei wandernde Studenten die Dorfgasse herauf, die hießen Dübel, Hübel und Stübel.

Dübel war schwarz und hager, Stübel ein blonder Leichtfuß mit roten Wangen und einem Zwickelbärtchen, Hübel ein hübscher Bursch, braunlockig und kräftig.

»Moische«, riefen sie dem Juden von weitem zu, »wo geht hier der Weg zum Glück?« Sie wollten bloß einen Scherz machen.

»Weiß ich nicht«, sagte der, »aber wenn Sie mir werden abkaufen jeder eine Brille, werde ich es wissen für die Herren.« Und er klappte seinen Kasten auf.

Die drei Gesellen lachten und wurden mit ihm handelseinig um drei Brillen; die eine hatte schwarze Gläser, die zweite rosenrote, die dritte solche aus Fensterglas. Dübel nahm die schwarze, Stübel die rosenrote, Hübel die weiße Brille.

»Gehen die Herren nur weiter in den Wald hinein und dann auf dem ersten Weg links ab. Wer wird haben die Brille der Weisheit, wird gehen zu finden das Glück.«

Die Gesellen schieden und beschlossen Scherzes halber dem Juden zu gehorchen. Als sie sich kurz darauf nach ihm umsahen, war er verschwunden.

Im Wald machte Stübel einen Luftsprung nach dem anderen. »Mir ist so kitzlig«, sagte er, »ich weiß nicht warum. Ich bin so lustig wie der Fink im Hanfsamen. Juch! Wie kann man traurig sein in dieser rosenroten Welt; ich hätte nimmer gedacht, dass sie so fröhlich wäre, aber jetzt ist mir ein Licht aufgegangen.«

Dübel sah ihn aus seinen schwarzen Brillengläsern finster an und brummte: »Wie einer nur in diesem trüben Baumhaufen vergnügt sein kann! Alle drei Schritt spürt man eine Rute im Gesicht, und der Weg hat mehr Löcher als ein Sieb und mehr Steine als ein Stadtpflaster, dass mich alle Zehen schmerzen. Du wirst ein Bein brechen mit deinem Springen, das ist mir so sicher wie das Amen nach der Predigt.«

Hübel sagte bloß: »Mit euch zweien muss es nicht richtig sein. Ich sehe hier weder etwas besonders Schönes, noch etwas besonders Unangenehmes, sondern einen gemeinsamen Waldweg, an dem ich immer meine Freude habe.«

Mit einem mal spaltete sich der Weg in drei: Der mittlere lief wie der bisherige weiter, der linke führte in eine dunkle Schlucht hinab, hingegen konnte man rechts durch einen blumigen Waldwiesengrund wandern.

Da hub Stübel zu singen an:

>»Was ein gerechter Heuschreck ist,
>Hupft des Sommers auf der Wies´,
>Auf der Wiese muss er singen,
>Alleweil hin und wieder springen ...«

Und tat einen Hupf rechts auf die Wiese. »Hier gehe ich«, schrie er, »und wer nicht mitkommen will, lässt es bleiben.«

»Tropf der er ist«, sprach der schwarzbrillige Dübel mit dumpfer Stimme. »Durch Trübsal geht´s zum Glück und durchs Fegefeuer in den Himmel.« Und er stieg in die Schlucht hinab. Hübel stand und schüttelte den Kopf. »Sie müssen verhext sein«, sagte er für sich. »Ich bleibe auf dem ordentlichen Weg; ob ich hier das Glück finde, weiß ich nicht, aber ich weiß wenigstens, dass ich mich hier nicht verlaufe.«

Da ging er geradeaus. So waren die drei guten Gesellen auseinandergekommen. Die Brillen waren schuld, und die drei wussten es nicht.

* * *

Stübel auf seiner Wiese sang und pfiff, dass es schallte. Nach einer Weile sprang er über einen kleinen Graben, und als er drüben war, schrie er: »Juch!«, und schüttelte sich vor Lust.

Mit einem mal schüttelten sich ringsum die Bäume und Gräser und Blumen und die Vögel und Schmetterlinge flogen auf, die Heuschrecken sprangen, die Mücken und Bienen kreiselten sich in der Luft und »Juch!«, tönte es ringsum von tausend Stimmen.

»Na?«, sagte Stübel erstaunt.

»Ich habe die Brille der Weisheit, aha! Ich höre schon die Pflanzen und Tiere reden. Die Weisheit scheint mir ein lustiges Ding zu sein, aber die Hauptsache ist: Jetzt ist mir das Glück sicher.«

Er stieß noch einen Jauchzer aus, und wieder stimmte alles ein.

»Ich werde sie ein bisschen ausfragen; jetzt ist Gelegenheit zu erfahren, wie die Welt eigentlich beschaffen ist. Wie das Gras die Ohren spitzt! Worauf horcht ihr denn, ihr Gräserchen?«

»Auf den Wind. Er wollte heute zum Tanzen kommen, und wir haben schon alle Tauperlen dazu angelegt. Man hat ja weiter nichts zu tun.«

»Das ist ein lustiges Leben. Wenn es aber nun regnet?«

»Ei, nun, das ist ebenso hübsch, dann gibt es große Wäsche und etwas für den Durst.«

»Dort kommt er, dort kommt er«, riefen drei Gänseblümchen und äugelten durch die Gräser.

»Wer denn?«, fragte Stübel.

»Der hübsche Schmetterling«, kicherten sie. »Er besucht uns alle Tage und erzählt das Neueste. Er ist sehr glücklich, denn er hat nichts zu tun als herumzufliegen und Besuche zu machen, deshalb erfährt er so viel.«

»Willst du mein neuestes Stück hören?«, sagte etwas.

Eine Grille saß im Weg und äugte zu Stübel hinauf.

»Ist's etwas Besonderes, du Dickkopf?«, fragte Stübel.

»Sehr etwas Feines. Ich habe jetzt gerade noch Zeit; wenn der Wind kommt, spielen wir Tanzmusik.«

Und die Grille fing gleich an.

»Hör nur auf«, meinte der Student, »ich will heute noch das Glück finden und muss weiter.«

Er traf ein paar kleine Heupferde, die kreuz und quer im Weg sprangen. »Hm«, sprach er mit Lachen, »es scheint, dass ihr auch nichts weiter zu tun habt.«

»Nein«, bestätigten die, »wir haben überhaupt nichts zu tun; wir amüsieren uns bloß, erst wird gesprungen und nachher musiziert.«

»Ja, ja«, meinte das eine, »in der Welt geht's lustig zu, nur die Menschen sind so dumm, sich das Leben sauer zu machen.« Und ein paar Mücken, die vor Stübels Nase tanzten, fügten hinzu: »Die Welt ist eine Art Tanzsaal; meistens ist großer Ball, nur manchmal wird gefegt und dann ruht man sich aus. Man tanzt, bis man tot ist.«

Eine Schwalbe kam geflogen und fing ein paar Mücken weg.

»Siehst du«, sagten die anderen, »so stirbt man, das ist ganz einfach.«

»Nun wahrhaftig«, rief Stübel, »da soll mir noch einer kommen und sagen, die Welt wäre ein Jammertal! Eine herrliche Welt ist das, die beste, die man sich denken kann. Jetzt kenne ich die rechte Weisheit inwendig und auswendig.«

Da kam ein Star geflogen. Er hatte einen schwarzen Rock an und sah wie ein Pastor aus. Der setzte sich dem Studenten auf die Schulter und sagte: »Ich will dir etwas predigen: Glaube, liebe, hoffe, so wirst du glücklich. Amen.«

Damit machte er sich davon.

»Kurz und erbaulich«, lachte Stübel. »Aber er hat Recht. Seit ich weiß, wie rosenrot die Welt ist, bin ich ganz voll Glaube, Liebe und Hoffnung. Juchhei!«

»Juchhei!«, klang es schallend durch den Chor aus dem Wald heraus, dass der Student aufhorchte. »Da muss ein Mensch sein«, sagte er.

Und wirklich, aus dem Wald kam ein Unbekannter, der ebenso guter Laune zu sein schien wie Stübel, der breitete die Arme aus und fing an zu singen:

>»Bin kein Freund von Traurigkeit,
>Bin nicht gern alleine ...«

»Bruderherz«, rief Stübel und hob gleichfalls die Arme, »ein lustiger Mensch, ein guter Mensch! Wir müssen zusammen wandern.«

Sie waren gleich ein Herz und eine Seele und erzählten einander die drolligsten Geschichten, und als sie sich zum fünften Mal umarmten und einander ewige Freundschaft schworen, sagte der Fremde: »Freunde müssen einander ihre Last tragen helfen, so will ich dir auf ein Stück Weges dein Ränzel abnehmen.«

»Gute Seele«, rief Stübel, »bloß um dir die Freude nicht zu verderben, ja!«, schnallte ab und gab jenem das volle Ränzel mit den neuen Reservestiefeln darauf, und der nahm es über die Schulter.

Sie kamen nahe an das Gebüsch.

»Adieu«, sprach der Fremde, sprang in die Haselnusssträucher, und fort war er.

»Der Spaßvogel«, lachte Stübel. »Tut, als ob er mir mein Ränzel stehlen wollte! Nein, so rasch verliere ich den Glauben an ihn nicht! Aber wenn er wiederkommt, werde ich ihm auch einen Possen spielen.«

Hinter einer Waldecke vernahm er Musik. Dort lag ein Wirtshaus, in dem Tanz war, und vor dem Wirtshaus stand ein weibliches Wesen, das Stübel im Näherkommen wie ein Wunder anstarrte, so schön dünkte es ihm. Dieses schien ihn gar nicht zu bemerken, sondern sprach betrübt vor sich hin: »Was habe ich nun davon, dass ich des reichen Waldmüllers einziges Kind bin? Ich soll durchaus heiraten, und es gibt doch nichts für mich hier als rohe Bauernburschen. Ich mag nicht tanzen, weil ich so traurig bin.«

»Hier kommt Hilfe, mein Fräulein«, sagte Stübel ganz vergnügt; »ich bin ein lustiges Studentenblut, das zum Glück geschickt ist, und ich merke schon, was das Glück ist: Eine hübsche Braut und eine Waldmühle.«

Das Mädchen lächelte ihn freundlich an; da gingen sie in den Saal. Vier Musikanten spielten auf und alles tanzte, am schönsten aber Stübel mit der Waldmüller-Braut.

»Glaube, liebe, hoffe, hat der Star gesagt«, dachte Stübel, während er auf und ab schwenkte, »und das hier ist die Liebe; ich bin ganz voll von ihr.«

»Wir wollen zu meinem Vater gehen«, sprach das Mädchen mit heimlichem Lachen.

Es war schon sehr dämmrig und der Nebel stieg, als sie auf die Wiese kamen.

»Hasche mich«, sagte die Schöne draußen und machte sich von seinem Arm los. »Aber erst ein Stück Vorsprung.« Und der Student fand das spaßhaft und ließ sie in den Nebel hinein laufen. »Nun!«, rief sie, und jetzt lachte sie ganz laut.

Stübel sprang wie ein Hase durch den Nebel. Es patschte so feucht unter seinen Tritten, und mit einem mal fuhr er halben Leibes in einen Sumpf.

»Au«, sprach er, »das habe ich dumm gemacht. Aber wie solch ein Sumpf hübsch weich ist! Nicht einen einzigen blauen Fleck habe ich bekommen. Teurer Schatz, wart ein wenig, ich sitze im Sumpf!«

Er krabbelte heraus, säuberte sich und fand endlich auch einen schmalen Pfad durch den Morast ins Trockene. »Das arme Kind«, murmelte er, »nun hat sie mich verloren, und wenn ich nicht rufe, kommen wir in dem Nebel nie wieder zusammen.«

Er ging tapfer vorwärts und rief zuweilen. Aber er sah nichts.

»Nur die Hoffnung nicht verlieren!«, trötete er sich.

Endlich erblickte er von weitem im Nebel eine Kindergestalt. »Hoffnung lässt nicht zu Schanden werden; noch heute Abend hab ich das Glück. Ich werde das kleine Ding da vorn fragen und es müsste merkwürdig zugehen, wenn es den Weg zur Mühle nicht wüsste.«

Er folgte ihm in den Wald, unter die Bäume ins Pfadlose, und endlich hatte er es aus dem Gesicht verloren. Er rief nun wieder, aber er bekam keine Antwort.

Da legte er sich auf den Rasen und dachte: »Die Mühle muss in der Nähe sein, und morgen ist auch noch ein Tag, da finde ich sie.« Und er schlief ganz vergnügt ein.

***

Der Schwarzseher Dübel war tiefsinnig in die Schlucht hinabgestiegen. Das ging mühsam, und als er drunten war, drehte er sich um und seufzte: »Das ist mein Lebensweg: Holprig und stolprig! Es wird Zeit, dass ich endlich zum Glück komme. Nun will ich bloß wünschen, dass der schlitzäugige Jude uns nicht in den April statt zum Glück geschickt hat.«

Nach kurzen Gehen sperrte auch seinen Weg ein Graben, und indem er ihn übersprang, brummte er: »Weiter fehlt nichts, als dass noch ein Dutzend solche Mördergruben kommen! Abends hätte ich hier sicher den Hals gebrochen.«

Er sprang drüben auf ein paar Büschel Männertreu.

»Ach Gott«, schrie es unter ihm, »wir müssen sterben! Ist das ein elendes Dasein: Man muss sich tottreten lassen und kann nicht fliehen!«

Dübel sprang auf den Weg zur Seite und merkte, dass die geknickten Männertreublüten so gejammert hatten.

»Es ist wahr«, sprach er trübselig, »ich habe sie umgebracht. Hier scheint alle Kreatur sprechen zu können, und ich werde Wunderdinge erfahren. Daran habe ich nie gedacht, dass dies Kräutich es fühlt, wenn es umgebracht wird. Da gibt's allerdings größeres Elend in der Welt als meines. Wenn ich denke, was alles in einem Sommer abgehauen, gepflückt, zertreten und vom Vieh gegrast wird!«

»Uf!«, knarrte eine Buche am Weg. »Da ist wieder jemand, dem man sein Leid klagen kann. Dreiviertel vom Jahre Winter, Regen und Sturm! Wenn einmal die Sonne scheint, ärgert man sich nur, dass es nicht immer so ist. Kaum, dass man im Frühjahr seine paar Blätterchen getrieben hat, fangen die Raupen und Maikäfer an zu fressen, und das geht so bis zum Herbst, dann kommt die große Frostseuche und da stirbt der Rest. Jahraus jahrein dasselbe elende Leben - es wäre besser, dass man als Ecker von einem Eichkatz gefressen wäre.«

Eine Maus kam atemlos gerannt und schrie: »Hilfe, Hilfe! Der Fuchs kommt.« Aber der Fuchs guckte bloß von weitem und getraute sich nicht näher.

»Nein, der Jammer ist nicht mehr zum Aushalten!«, wehklagte sie zu dem Studenten hinauf. »Man plagt sich kümmerlich um das bisschen Leben und dabei ist man keinen Augenblick sicher, unversehens weggeschnappt zu werden. Ich will auch nicht mehr leben! Komm, du roter Räuber, und friss mich!«

Und sie lief dem Fuchs zu.

»Grässlich!«, sagte der Gesell, dem immer jämmerlicher zu Mute ward, und ging weiter. »Darauf bin ich noch nie so recht gekommen, was das arme Getier in der Welt auszustehen hat.«

»Ping!«, schrie es vor ihm. »Ach wir armen Finken!«

»Um Himmels willen«, antwortete ein anderer Fink, der auf einem dürren Ast saß, was ist denn geschehen?«

»Unsere Eierchen sind weg, alle fünf. Die Elster hat sie eben gefressen, das abscheuliche Tier. Du weißt, wie oft die Buben unseren Bau gestört haben, und nun hatten wir endlich ein Versteck und Eierchen, da muss der Räuber alles finden. Ach, es ist ein Elend, man möchte lieber tot sein!«

»Jetzt mache ich aber auch tot, was ich finde«, schrie der andere Fink. Er schoss wütend auf einen vorbeifliegenden Schmetterling los, der rief um Hilfe, aber es war schon zu spät; der Fink biss ihn mitten durch und war im Nu unter einem Mückenschwarm, rechts und links herum beißend. »Au, au ...«, ging das ganz fein, das waren die Mücken, die auseinanderflogen.

»Wirst du gleich!«, wehrte der Student und schlug mit dem Stock nach dem Finken.

»Ich will auch umbringen«, zeterte der; »du brauchst sie nicht zu beschützen: Der dort ist eine elende Raupe, die erst die Bäume kahl gefressen und dann sich Flügel angeschafft hat und auf Unkosten der Blumen in Saus und Braus lebt, und das andere sind Blutsauger, Tier- und Menschenquäler.«

»Er hat recht«, nickte Dübel vor sich hin. »Ist das eine Welt! Einer ist der Teufel des anderen, und wer am meisten Glück oder Kraft hat, quält sich ein Weilchen länger als die übrigen. Es ist unter den Menschen ganz ebenso.«

»Guten Tag, Freundchen«, sagte es plötzlich neben ihm, und ein Mann erhob sich von der Baumwurzel. »Da bekommt man doch wenigstens Reisegesellschaft.«

Dübel maß den Mann misstrauisch von der Seite und fasste seinen Knotenstock fester. »Der Geier ist Euer Freundchen. Wenn Ihr ein Räuber seid, so sagt es nur gleich, ich habe hier einen richtigen Löffel, um Euch eine hübsche Prügelsuppe einzurühren.« Damit ließ er den Stock in der Luft pfeifen.

»Ihr seid ein Grobian«, sprach der fremde Wanderer ärgerlich und setzte sich nieder. »Ich will lieber warten, ob nicht ein besserer Gesell kommt als so ein Unhold wie Ihr seid.«

»Mir auch recht«, brummte der Student und ging weiter.

Er kam zu einer Lichtung. Im Gras stand ein blühendes Weib und ein Kind, die warfen sich mit Stöcken einen Reifen zu.

Das junge Weib schleuderte ihn zu hoch und er blieb dicht bei Dübel an einem Zweig hängen. Da trat sie herzu und erblickte den Gesellen. Sie verneigte sich anmutig vor ihm und sagte schalkhaft: »Wollt Ihr uns den Reifen vom Baum holen, so sollt Ihr unser Gespiele werden.«

Dübel wurde es warm unter ihrem Blick, aber er machte ein finsteres Gesicht. »Nicht wahr, dass Ihr Eure Narrenspossen mit mir treiben könnt!«, sprach er finster. »Habt Ihr ihn hinaufgeworfen, so holt ihn wieder herunter.«

Das junge Weib wurde blutrot, und als der Student ein Stück fort war, fühlte er Reue. Aber nicht lange.

»Es ist schon besser so, man geht allein in die Welt«, sagt er für sich.

»Der fremde Gesell konnte es ehrlich meinen und das Weib gefiel mir gut. Aber wer nicht glaubt, wird nicht betrogen, und wer nicht liebt, wird nicht zum Narren gehalten. Es tut einer klug in dieser traurigen Welt, wenn er sich den Glauben und die Liebe vom Hals hält.«

»Unk«, sprach es unter ihm, »und die Hoffnung dazu, unk!«

»Willst du mich Weisheit lehren, alte Unke?«, fragte Dübel. »Ich kenne jetzt die Welt schon.«

»Und bist doch auf dem Weg zum Glück«, heulte die Unke.

»Das ist wahr.«

»Unk, es gibt gar kein Glück in der Welt. Gar nicht da sein, das ist das Rechte, und da sein, das ist die Sünde, unk, für die man tausend Sünden begehen muss und tausend Übel daran leiden; und man kann es doch nicht erzwingen, dass man immer da ist. Sterben, das ist die Buße; wenn man tot ist, ist man da, wo man hingehört und hat Frieden. Unk, das ist die Weisheit.«

»So will ich alle Hoffnung fahren lassen«, sprach Dübel; »aber sterben will ich nicht.«

»Das ist auch eine Strafe«, stöhnte die Unke, »man hat nicht einmal die Kraft, sich tot zu machen. Man muss warten, ich habe einen Keller für uns, da wohnen wir und du kannst Pilze, Grünzeug und Beeren essen und Wasser trinken.«

Dübel ging mit der Unke. Sie kamen zu etwas altem Mauerwerk, da war eine halb verschüttete Kelleröffnung, in die krochen beide, und der Student nahm seinen Ranzen herunter, legte seinen Kopf darauf und schlief ein.

Es ist schrecklich wenn man alles schwarz sieht!

* * *

Hübel, der dritte Gesell, ging langsam den bequemen Waldweg in der Mitte, und ihm war nicht anders zu Mute als sonst, nur dass er heute eine recht innige Freude an der schönen Gotteswelt und die Seele so recht voll echten Waldfriedens hatte. Und als er an einer besonders hübschen Stelle war, stand er still, sah sich um und sprach laut: »Wahrlich, es lohnt sich doch der Mühe zu leben.«

»O ja«, sagte es seitwärts im Gras, »wenn man es nur richtig anfängt.« Dort saß ein Spatz, der das Fleisch einer Waldkirsche vom Kern schälte.

»Aha«, meinte der Student, »das ist Märchenland, wo die Spatzen reden; jetzt muss ich auch glauben, dass der Jude nicht bloß geflunkert hat. Wie muss man es denn anfangen, Pfiffikus?«

»Bloß das genießen, was einem zuträglich ist«, sprach der Spatz, »nämlich das Fleisch. Den Kern lasse ich liegen, der Kern ist das Übel, aber das Fleisch ist das Zuträgliche.«

»Bei der Kirsche ist das leicht gefunden«, lachte Hübel, »aber was ist sonst überall das Zuträgliche und was nicht?«

»Riechen muss man und sorgfältig probieren, weiter weiß ich auch nichts.« Damit flog Junker Spatz in die Bäume.

»Komm nur zu mir, ich weiß mehr«, sagte ein scharlachroter Fliegenpilz.

»Was weißt du denn, Schatz?«, fragte der Student und setzte sich zu ihm ins Gras. »Was dich betrifft, so weiß ich, dass du sehr hübsch aber sehr gefährlich bist.«

»Und doch fressen mich die Würmer ohne Schaden, und ihr selber braucht das Gift als Arznei! Die Welt ist eine Versammlung aller Widersprüche, und alles Ding ist je nach Maß und Umständen bald schlimm, bald gut, bald weder eines noch das andere.«

»Eine schöne Weisheit«, nickte Hübel. »Aber zuweilen kommt Gutes und Schlimmes über einen, für das man nicht kann; da ist schlecht das rechte Maß und die rechten Umstände wahrnehmen!«

»Ich will dir auch etwas sagen«, rief eine kleine Wickelblume. »Wenn es regnet und dunkelt, wickle ich mich zu, und wenn die Sonne zu heiß scheint, wickle ich mich auch zu. Inwendig lasse ich nur so viel hinein, wie mir gut ist.«

»Merkwürdig, ich hätte nie gedacht, dass die Weisheit so an der Straße wächst. Aber wenn nun der Tod kommt, du kleines Orakel?«

Nun sah ihn die kleine Blume ganz verwundert an.

»Er lebt hundertmal so lange wie ich«, brummte der Fliegenpilz, »und ging weiter. Nach einiger Zeit - er wusste kaum wie lange er gegangen war - hielt er vor einem Graben und erblickte jenseits eine hohe Mauer. Er war ratlos.

Da kicherte es ein Stück seitwärts unter den Bäumen, dort saß ein Mann mit einer wunderschönen jungen Frau im Gras; ein Kind spielte neben ihnen, und das war es, was so kicherte.

»Wo bin ich hier hingeraten?«, fragte Hübel.

»Das ist ein Graben ohne Brücke und eine Mauer ohne Tor, dahinter liegt ein wilder Garten ohne Weg, in dem Garten ein Haus ohne Tür und Fenster, das hat einen

Oberstock ohne Treppe, in dem Oberstock ist ein Saal mit einer Tür ohne Schloss, und in dem Saal wohnt das Glück. Man muss sich's Arbeit kosten lassen, ehe man es zu sehen bekommt, aber man wird sehr glücklich. Glaubst du das?«

So sprach der Mann, und der Gesell lachte. »Warum nicht?«, sagte er darauf; »möglich ist es schon.«

»Dann kannst du das Glück erlösen.«

Da erhob sich die schöne Frau, schwebte lächelnd auf ihn zu und zeigte ihm ein Bild. »So sieht das Glück aus; wenn du es liebst, dann wirst du es auch erlösen wollen.«

Und Hübel sah das Gesicht eines Mädchens, das kam ihm bekannt vor, aber er wusste nicht, wo er es hintun sollte. Es war so reizend! »Ja, ich will alle Kraft daran setzen«, rief er.

»Aber ohne mich geht es doch nicht«, meinte wichtig das kleine Ding, das im Gras spielte. »Soll ich dich führen?«

»Komm, du Schelmengesicht.«

Der Alte gab dem Studenten eine Axt, die schöne Frau das Bild. »Damit hilf dir über die Hindernisse«, sagte er. »Damit stärke dich, wenn dir die Kraft versagt«, sprach sie.

»Jetzt bei eine Brücke«, nickte das Kind. »Da stehen Bäume.«

Hübel hieb Bäume um und legte sie über das Wasser des Grabens. Er durchbrach die Mauer an der Stelle, auf welche das Kind zeigte; es ging leichter, als er dachte. Er hieb einen Weg durch das Dickicht im Garten und brach eine Tür in das Haus, und im Haus schichtete er zusammengelesene Steine unter sich, höher und höher: Das Kind warf sie ihm spielend hinauf und war zuletzt mit einem Sprung bei ihm oben. So oft er matt geworden war, hatte er das Bild betrachtet und Kraft bekommen.

»Dort«, sagte jetzt das Kind schalkhaft und zeigte auf die Tür ohne Schloss. Bebend stand der Gesell davor. Ein paar Axthiebe schlugen die Flügel auseinander und er trat in den erleuchteten Saal.

Da stand das Glück.

Es hatte aschblondes, sonniges Haar und große blaue Augen und fiel ihm um den Hals.

»Nun habe ich dich«, sagte das Glück und sah ihn aus den großen blauen Augen strahlend an; »ich habe lange genug auf dich gewartet. Du hast viel gelernt und schwer gearbeitet auf dem Weg zu mir, nun sollst du auch sehr glücklich werden.«

»Es haben mir drei geholfen«, antwortete der Gesell, »ohne die hätte ich es doch nicht fertig gebracht.«

»Ja: Glaube, Liebe und Hoffnung; hast du sie nicht erkannt? Sie werden sich freuen in unserem Schloss zu wohnen. Sie haben dir viel geholfen, ich weiß es; aber die Hauptsache war doch, dass du die weiße Brille auf hattest und keine bunte, sonst hättest du alles verfehlt wie deine zwei Gesellen.«

»Wo ist denn unser Schloss?«

»Willst du es sehen?«, sagte das Glück. »Küsse mich.«

Er küsste das Glück auf den Mund.

Da dehnte und schmückte sich alles um sie, aus dem müden Haus wurde ein lustiges Schlösschen und aus der Wildnis drunten ein blühender Garten. Und Hübel und das Glück machten miteinander Hochzeit.

Die Brille brauchte er nicht mehr; »gar keine, das wäre ebenso gut«, sagte das Glück, und da wurde sie eingerahmt und bekam den besten Platz an der Wand.

* * *

Stübel ist anderen Tages weitergewandert und aus dem Wald hinaus; er lief die ganze Erde ab und war immer vergnügt mit seiner roten Brille, das war noch das Beste!

Aber er sah Enttäuschung auf Enttäuschung, und es ging ihm immer kümmerlich.

Dübel saß unten bei der Unke im Keller, ausgenommen wenn er Nahrung im Wald suchte; und er lernte immer mehr von der Unkenweisheit, davon war ihm zuletzt so dumm im Kopf, dass er närrisch wurde.

Eines Tages waren sie beide gestorben und von den Brillen befreit; da sahen sie erst, wie übel sie mit ihnen beraten gewesen und wie gut es Hübel ergangen war.

Sie sahen auch viele Menschen auf der Erde, die mit rosenroten oder schwarzen Brillen liefen, und sie hätten ihnen gern davon geholfen, aber es ging nicht.

Der Ostwind.

Es waren geistliche Gebäude; ein alter Deutschherrensitz, der sich in ein einsames Gut verwandelt hatte. Eine gräfliche Familie hatte es vor Zeiten erworben, aber selten hatte ein Mitglied hier gewohnt. Es war von bezahlten Leuten verwaltet worden, wie manches andere Gut des Familienvermögens, und man hatte keine Kosten aufgewendet, um Dinge in Stand zu halten, die nichts einbrachten. Im Sommer war die lachende grüne Wildnis hier bezaubernd; sie lag herum wie die Rosenhecke um das Dornröschenschloss. Jetzt, im Winter, war der dürre Überrest hässlich. Aber die Schneenacht verklärte die Hässlichkeit und machte sie in anderer Weise märchenhaft. Und welch eine Schneenacht! Die Christnacht, in der die Lüfte so klug wehen, in der die schlafende Natur so plötzlich erwacht scheint, der Schnee wie lebendig flimmert. Das festlich lodernde Leben in der Menschenbrust wirft einen flackernden Schein über die Dinge, sie ist mit einer heimlichen Bewegung überkleidend - dies ist das ganze Geheimnis. Aber auch für den, welcher sich dies sagt, ändert es an dem Eindruck nichts.

Die zwei kunstreichen Giebelhäuser, die eine Brücke durch die Luft verband, waren für die Herrschaft reserviert. Selten wurden die meist kleinen Zimmer mit ihrer altmodischen Einrichtung, den Wänden voll Holzbekleidung und verblichenen Stofftapeten, den Schnitzmöbeln mit hohen Lehnen und Leder- oder Seidenzeugbekleidung, den verschossenen Teppichen, den hundert Rumpelkammergeräten gelüftet. Nur ein größerer und ein daran stoßender kleinerer Raum erfuhren jüngst eine Veränderung. Leute aus der Stadt kamen, warfen alles, was darin sich vorfand, bis auf die nackten Wände und den schwarzen Marmorkamin hinaus und richteten die Zimmer neu ein, mit Malereien, schmucken Tapeten, bequemen Möbeln und weichen Teppichen - in dem kleineren Raum gab es seitdem ein Himmelbett, einen Schreibtisch und bis zur Decke reichende Bücherspinde.

Vom Garten her wehte der Ostwind gegen die Häuser, er zog stetig, aber gemächlich, er streifte gewissermaßen vorsichtig über die helle Schneekante des alten Portals und die wie mit Watte umlegten Ästchen, die sich kaum rührten. Nur in die Schornsteine fuhr er mit ungenierter Wucht hinab und blies so beharrlich, als fühle er sich verantwortlich dafür, dass in dieser Nacht die Menschenkinder warm säßen.

Dabei war er auf ein Kaminfeuer gestoßen, und das war ihm hier etwas Neues. Es prasselte in den Flammen umher und warf den Schein soweit als möglich in die Stube, welche sich so sehr verändert hatte. Kein lebendes Wesen befand sich in dem Raum, ausgenommen die alte schwarze Hauskatze, die in einer Ecke zu schlafen schien.

Ein berstendes Holzstück lärmte wie eine abgebrannte Pistole, und die Katze richtete sich auf, dehnte sich und schritt gravitätisch zum Kamin.

»Hm!«, sagte sie, »wir kennen uns. Wie geht's in Russland?«

»So, so«, meinte der Ostwind. »Ich halte es nicht lange da aus. Wenn's möglich ist, komme ich Weihnachten immer herüber, denn da gibt's hier am meisten zu sehen. Was habt ihr für eine Veränderung?«

»Einen Herren hier. Er hat uns geerbt; als er auf großen Reisen, ich weiß nicht wo - war, hat er geschrieben, dass zwei Zimmer in Stand gesetzt werden sollten, und nun ist er hier. Ich muss mich schon zu ihm halten; und er benimmt sich anständig gegen mich.«

»Lebt er allein?«

»Natürlich; bei zwei Zimmern! Er ist sogar sehr allein, denn er liest und schreibt fast den ganzen Tag ...«

Es klopfte an der Tür draußen, häufiger und immer stärker. Plötzlich sprang die Tür gegenüber auf; man sah einen Schreibtisch und den Rücken eines Mannes, der »Herein!«, rief. Dann legte dieser Mann die Feder beiseite, stand auf, nahm die Lampe und trat gleichzeitig mit dem, welcher geklopft hatte, in das Kaminzimmer. Der eine war der junge Graf, der andere der Inspektor.

»Guten Abend, lieber Neuhaus«, sagte der junge Graf, der doch schon hoch in den Dreißigern sein mochte. Seine Haltung war vornüber geneigt, sein Antlitz bleich, seine Stimme hart und klanglos. Dennoch hatte er etwas Vornehmes, etwas geistig Vornehmes. Er setzte die Lampe auf den Kaminsims, warf ein paar Holzstücke in die Glut und ließ sich wie fröstelnd in einen Lehnstuhl fallen.

»Was wünschen Sie?«

Der Inspektor stand breit an der Tür und blickte ein wenig verlegen aus dem vollbärtigen Gesicht, das von Kraft und männlichem Ernst sprach. Man merkte ihm an, dass er mit einem Herrn zu tun hatte, den er nicht recht zu nehmen wusste.

»Herr Graf«, hub er an, mit rauer, schwer fließender Rede, »es ist Heiliger Abend heute, und wir haben den Saal im Leutehaus hergerichtet für das Gesinde, dass sie ihre Weihnachtsfreude haben und ihren Herrgott loben.«

»So, so; und wie haben Sie das gemacht?«, fragte der Graf zerstreut und fuhr mit der Fußspitze streichelnd an der Katze hin und wieder.

»Wie es von alters her Sitte ist: Wir haben drei hübsche Tannen aus dem Forst geholt und aufgeputzt, und sie stehen auf der langen Tafel, und darunter ist für alle Leute aufgebaut, Bäckerei und Sachen, die sie gebrauchen können und die ihnen Freude machen. Wenn sie abgegessen haben, führe ich die Leute hinein, meine Frau und Kinder angeschlossen, dass sie innewerden, wir sind eine große Familie vor dem Herrgott; dann singen wir ein Weihnachtslied aus dem Gesangbuch, und ich habe danach immer ein paar Worte im guten Willen geredet, wie mir's ums Herz ist. Nachher ist alles fröhlich und übt allerlei Bräuche, wie sie in der Gegend althergebracht sind ...«

»Schön, lieber Neuhaus; machen Sie das so, ich habe nichts dagegen.«

»Halten zu Graden ... da wollte ich sagen, ob der Herr Graf uns nicht die Ehre schenken möchten, zugegen zu sein und zu tun, was ich sonst in Ermanglung des wirklichen Herrn getan habe.«

Der Graf lachte auf, und das Lachen klang ein wenig spöttisch.

»Ich danke, mein Lieber«, sagte er, »ich würde eine sonderbare Figur dabei machen. Ich kann weder Kirchenlieder vorsingen, noch predigen, am wenigsten Weihnachtspredigten halten. Das Volk hat seinen Weihnachtsglauben und mag seine Feste feiern; ich denke ein wenig anders über das Kind von Bethlehem und seine Mutter, seit ich mich habe überzeugen müssen, dass die Isis Hathor von Ägypten nebst ihrem Söhnchen das Original zu der jüdisch-christlichen Kopie eines wunderbar geborenen Christus darstellen. Es ist ein anmutiges Fest, voll Poesie, dieses Weihnachtsfest; wer es über sich gewinnen kann, mag es um deswillen mitfeiern. Mir ist Ehrlichkeit und Wahrhaftigkeit der höchste Mannestand. Ich hoffe, dass Sie wenigstens die Überzeugung der Leute teilen, indem Sie die Führung der Feier übernehmen?«

Der Inspektor hob den Kopf und sah ernst, die Augen voll Glanz, zu seinem jungen Gebieter hinüber.

»Ja, Herr Graf, halten zu Gnaden, die teile ich. Was es mit dem ägyptischen Ibis auf sich hat, das weiß ich nicht und mag's auch nicht wissen. Aber um einer elenden Kreatur willen gebe ich meinen Trost im Leben und Sterben nicht dran. Die Weisheit ist gewiss ein schönes Ding, Herr Graf, aber sie ist nichts für das Herz, und ich will lieber glauben, dass Hirten auf dem Feld Engel singen hörten und Gottes Sohn in einer Krippe mit himmlischer Glorie sahen, als die Freude verlieren, die ich seit meinen Kinderjahren alle Weihnachten gehabt, und die Gewissheit, dass mir einer hilft, mein Geblüt und Gemüt ordentlich im Zaum zu halten, mir Licht gibt in Trübsal, und einen Stecken und Stab für das dunkle Tal des Todes.«

Der Graf erhob sich und trat vor.

»Mein lieber Neuhaus«, sagte er nicht unfreundlich, aber mit leiser Ungeduld, »das ist eine vortreffliche Weihnachtspredigt, welche Eindruck machen wird. Ich bin weit entfernt, Ihre Überzeugung antasten zu wollen. Es gehört viel eigene geistige Arbeit dazu, um dahin zu kommen, wo ich stehe und keine Reue zu fühlen. Lassen Sie sich durch den Gedanken an mich Ihre Weihnachtsstimmung nicht stören ...«

Er nickte verabschiedend und kehrte zum Kamin zurück. Der Mann mit dem ehrlichen, von innerem Feuer geröteten Gesicht sagte: »Halten zu Gnaden, Herr Graf, gute Nacht!«, und schritt aus der Tür.

Die Flammen im Kamin loderten, knisterten und knackten. Der Ostwind fuhr ärgerlich darin herum, und plötzlich sträubte eine Funkengarbe hinaus, dass der Graf erschrocken beiseite rückte. Er griff nachdenklich zu der Zange und schob das Feuer weiter zurück. Er sah den Leutesaal mit den drei hohen Tannen auf dem Tisch im Geiste: Der Lichtschein erhellte die braunen Gesichter, und er atmete Tannenwürze und Wachsduft. Man sang, und die sonore Stimme des Inspektors predigte. Der Inspektor hatte fünf hübsche Kinder mit blauen Augen und

Flachsköpfen, und in jedem der blauen Kinderaugen spiegelten sich drei Tannen voll Kerzen wie funkelnde Weihnachtsseligkeit.

»Ich bin kein Kind mehr«, sagte er mit leisem Seufzer. »Es muss sein.« Und er ging mit der Lampe wieder in sein Studierzimmer.

»Pfui!«, fauchte der Ostwind; »Pedant! Pedant!« Die Funken stoben, und die Flammen loderten blaugolden in die Luft. »Wie dumm, wie langweilig!«

»Ich wollte, ich wäre vorhin mit durch die Tür gegangen«, murrte die Katze. »Es wäre noch schöner, wenn ich das Jahr nichts von Weihnachten haben sollte! Du findest es überall; aber ich ...«

Der Ostwind fuhr über das Land. Er bekam genug zu sehen.

Auf dem Bergland lag überall der Schnee, und er war am dicksten an den Waldrändern, wo die Felder anfingen. Die Hasen hätten viele grüne Weihnachten gehabt.

Am Waldrand saß ein magerer Buschhase und machte Männchen. Die Häsin lag dicht dabei unter einer Tanne, hart am Stamm, wo sie vorher den Boden abgescharrt hatte. Vom Tal glänzten glühroten Fenster herauf.

»Warum reckst du dich?«, fragte der Ostwind. »Willst du im Dorf die Weihnachtslichter sehen, und was aus den Tannen geworden ist, die sie hier abgehauen? Die sind Prinzessinnen geworden, ich werde sie gleich besuchen. Alles voll Gold und Silber an ihnen, alles voll Lichtern und Schmucksachen. Die Menschen sind vernarrt in sie.«

»Ich besehe mir meine eigene Tanne, und sie ist mir lieber so, wie sie ist. Sie ist grün, und darauf kommt es mir an. Das Grün ist die Hauptsache, denn davon lebt unsereiner. Ich wollte dir sagen, du solltest mir den Schnee von den Zweigen fegen, aber das wäre doch nicht das Richtige. Grün unterm Schnee, das ist unsere Hoffnung in dieser betrübten Zeit, und das bedeutet die Tanne. Ihr Grün ist freilich ungenießbar, und darum sage ich, es ist nichts Reelles. Aber das passt eben, denn die Hoffnung ist auch nichts Reelles. Man wird nicht wirklich satt von ihr. Du könntest etwas über den Schnee da sagen, denn es ist Saat darunter, ganz hübsch aufgegangen.«

Der Ostwind amüsierte sich über den Hasen, der noch immer auf den Hinterläufen saß und seine Tanne bewunderte. Die Häsin, die zusammengeduckt, mit hintergelegten Löffeln zugehört hatte, schielte herüber.

»Ihr sollt etwas Genießbares haben, das gehört zu Weihnachten.«

Der Ostwind wirbelte auf dem Feld hin und jagte dichte Schneewehen vor sich in das Dorf hinab.

* * *

Vor einem Ort stand eine Mühle, eine sogenannte holländische. Unten war sie eine Art Haus, oben darauf stand die Mühle. Heute war sie still, und der Ostwind machte keinen Versuch, die Flügel zu bewegen, was sonst zu seinen Hauptbelustigungen gehörte. Er fuhr durch die Luken hinein, durch alle Gänge und Schlüssellöcher.

In einer Stube stand ein Mann vor dem Spiegel. Er hatte schwere Stiefel an den Füßen, einen dicken Pelz am Leib, eine Pelzmütze auf dem Kopf und war bemüht, sich einen Bart aus Watte über das Gesicht zu passen. Auf dem Tisch stand ein angeputztes Christbäumchen mit brennenden Lichtern, daneben lag auf einem vollgestopften Sack mit allerlei Buckeln und Erhebungen, ein Paar pelzgefütterte Fausthandschuhe. Der Mann lächelte still vor sich hin, so recht glückselig, und dann wieder grimmig; nun pfiff er leise durch die Watte und horchte: Eine feine Kinderstimme plapperte in der Entfernung einförmig und unverständlich, und der Mann ließ die Hände sinken und hörte zu, wie vor einer Offenbarung.

In einer anderen Stube, über den Hausflur hinüber, war es sehr warm. Ein sauberes Stübchen mit weißen Gardinen und Blumen auf dem Fenstersims, mit einer weißen Decke über dem Tisch und einem braunen alten Kachelofen in der Ecke. Eine alte Frau in bäuerlicher Kleidung hielt ein sonniges blondes Geschöpf von Kind auf dem Schoß, dabei erhob sich eben ein etwas fünfjähriger Knabe von einem hölzernen Schemel, auf dem er gekniet hatte, während auf der anderen Seite ein etwas älteres Mädchen im Stuhl saß.

Eine junge Frau lehnte am Kachelofen, mit höchst ernsthaftem Gesicht. Auf dem Tisch stand ein Licht, die einzige Beleuchtung in dem Stübchen.

»Habe ich's gekonnt, Mutter?«, fragte stolz der Junge. »Nicht wahr, fein?«

»Du hast gesagt: In meine Augen, es heißt: In meinen Augen«, meinte das Mädchen eifrig.

Der Junge sah sie von der Seite an. »Du weißt auch was! Um so was kümmert sich der Weihnachtsmann gar nicht. Nicht wahr, Mutter? Vielleicht weiß der's gar nicht einmal, wie's richtig ist.«

»Oho, der weiß alles.«

»Ich glaube gar, ihr fangt euch an zu zanken«, sagte die Mutter vom Ofen her; und die beiden senkten die Köpfe. Die Großmutter summte eine Choralmelodie, und das goldige kleine Ding auf ihrem Schoß steckte den Finger in den Mund.

Dem Ostwind gefiel das Stübchen, er schürte im Feuer des Kachelofens und sprühte eine kleine Feuerwolke hinaus. Der Junge trat vor: »Leise, der Ofen sät Feuerflammen.«

»Still!«, sagte die Mutter. »Ich glaube, er kommt.«

Auf dem Hausflur knisterte es, die Haustür ging auf, es klingelte, und schwere Stiefel trampelten, wie um sich von Schnee zu befreien. Ein paar tiefe Seufzer stiegen in dem Stübchen auf.

Die Mutter nahm das Licht vom Tisch und sagte: »Herein!, denn es klopfte.

Der Mann im Pelz aus der Stube gegenüber trat herein und sagte mit rauer Stimme guten Abend. Er hatte den Sack über die Schulter genommen und trug das brennende Weihnachtsbäumchen.

»Guten Abend, lieber Weihnachtsmann«, sagte die Mutter. »Da sind meine drei artigen Kinder. Die beiden großen können ganz ordentlich beten.«

Der Junge kniete mit verschüchtertem Gesicht auf dem Holzschemel und faltete die Hände, während seine Augen wie gebannt an dem Mann hingen. Der Mann schritt mit brummendem Kopfnicken in die Stube vor und stellte den Baum auf den Tisch. Dann wandte er sich zu den Kindern und hub in tiefem Ton an:

»Ich komme durch den tiefen Schnee,
Ich komme von der Himmelshöh,
Da loben die Engel vor güldenem Thron
Gott den Vater und den Sohn,
Den Heiligen Geist in Herrlichkeit,
Die loben sie in Ewigkeit.
Gottes Sohn ist in die Welt geboren
Als Kindlein vor Bethlehems Thronen,
Und dass ihn ehren alle Frommen
Und in den schönen Himmel kommen;
Des sollt ihr heut gedenken,
So will er euch beschenken:
Schöne Sachen den Guten,
Den Bösen eine Ruten,

Eine Ruten, die beißt und brennt ...
Jetzt zeigt mir, ob ihr beten könnt.«

Dazu rappelte er mit dem Sack. Der Junge hob andächtig die Blicke und sagte:

»Jesus in meinen Augen,
Jesus auf meinen Lipppen,
Jesus in dem Herzen mein,
Dass ich ein Gotteskind mag sein.
Geboren ist der Heiland heut,
Des freun sich alle Christenleut ...«

Weiter kam er nicht. Der Blick des Mannes im Pelz war auf das süße Geschöpf gefallen, das die Großmutter im Schoß hielt. Es hatte Härchen, die wie Sonnenschein flimmerten, und Augen wie Heidelbeeren, und sah, den Finger im Mund, groß und unverwandt zu dem Mann empor. Und der Mann wäre am liebsten hingegangen und hätte es ans Herz genommen und abgeküsst, doch bezwang er sich und blinzelte nur ganz wenig, wie er meinte, ihm zu, so wie er sonst gern tat - und plötzlich nahm das kleine Ding den Finger vom Mund und deutete mit dem nassen, winzigen auf den Mann hin und sagte mit hellem Aufleuchten in den klugen Augen: »Papa!«

Da überkam es den Mann, er wusste nicht wie. Er warf den Sack auf die Erde, riss die Mütze und den falschen Bart herab und kniete mit einem Aufjauchzen zu dem Kind hin.

»Es hat mich erkannt, Mutter! So ein kluges Kind! Es hat mich erkannt, es ist nicht zu glauben ...«, und die Worte versagten ihm, und er riss das Kind an sich und erstickte es sanft mit seinen Küssen.

»Der Vater!«, sagten die beiden größeren Kinder verdutzt lachend. »Aber Mann!«, rief es vorwurfsvoll vom Ofen.

»Eh, so lass, sie werden wohl auch ohne den Weihnachtsmann fromm werden.«

Der Ostwind kreiselte voll Rührung wie toll im Ofen. »Das lohnt doch die Mühe! Das ist doch ein Weihnachtsvergnügen - ja, die Kinder, die Kinder!«

* * *

In der Stadt war's. Ein hübsches Häuschen, und im oberen Stock ein nettes Stübchen, warm, einfach, recht wie für einen sauberen alten Herrn geschaffen. Am weißen Kachelofen ein Lehnstuhl mit grünem Plüsch bezogen, ein runder Tisch mit grüner Decke, darunter ein Hirschfell als Teppich und darauf ein Christbäumchen im Holzgestell, noch unangezündet. Was braucht ein einsamer alter Mensch viel mehr, um Weihnachten zu feiern, als solch ein Plätzchen?

Ein Lämpchen brannte auf dem Tisch, ein grüner Schirm dämpfte das Licht. In diesem grünen Dämmerlicht schritt der alte Herr behäbig breit auf und ab, das feine, ganz weiß umrahmte Gesicht nachdenklich zu Boden gesenkt. Er mochte schon lange so gegangen sein, denn der Abend war bereits stark vorgeschritten. Zuweilen blieb er stehen und blickte sich um. »Es zieht hier, ich weiß nicht wovon«, murmelte er. Der Ostwind war's, der mit ihm ging. Er war neugierig, wie lange es dauern würde, ehe dieser alte Herr aufhörte, die Beine zu bewegen.

Jetzt stand derselbe am Fenster und drückte wohl zum zwanzigsten Mal die Stirn dagegen. Man konnte gegenüber eine Weihnachtsstube mit vollem Kinderjubel sehen und ein junges Paar, das sich manchmal verklärt aneinander lehnte und küsste.

Der alte Herr seufzte, zog ein baumwollenes Taschentuch und fuhr über sein Gesicht.

»Es hat nicht sollen sein, und heute sind es fünfzig Jahre her. Und heute sind wir zwei einsame Menschenkinder und könnten doch glücklich sein, ich wenigstens, und ich glaube, sie auch.«

Er raffte sich auf und nahm eine Flasche und ein Glas aus einem Schränkchen, die er neben das Christbäumchen setzte. Dann schritt er in einen dunklen Nebenraum und brachte ein Bild herein, das er dem Ofen gegenüber sorglich auf einen Stuhl stellte. Nun zog er Streichhölzer aus der Tasche und begann die Wachskerzen in den Tannenzweigen anzuzünden. Ebenso bedächtig entkorkte er die Flasche, goss in den grünen Römer ein und ließ sich in den Lehnstuhl nieder.

»Gesegnete Weihnacht!«

Die mildstrahlenden Wachsflämmchen erhellten die Zimmerecke mit festlichem Schein. Ein Glasschrank, ein paar eingerahmte Fotografien an der Wand, die Flasche und der Römer brannten mit goldigen Reflexen. Der alte Herr mit dem feinen stillen Gesicht und dem schlichten weißen Haar legte das Taschentuch über den Schoß, faltete die Hände hinein und betrachtete das Bild gegenüber.

Ein Ölbild in einfachem Goldrahmen, ein junges Mädchen im Kostüm der Luisenzeit, die Büste knapp umschlossen, die vollen Arme bloß und in der Taille gekreuzt, das dunkle wellige Haar über dem Wirbel aufgenommen, hübsche, aber eigensinnige Züge. Ein Gesicht, um zu reizen und zu quälen, weich und selbstsüchtig und selbstzufrieden.

Es quälte den alten Herrn noch immer: Das sah man ihm an. Nicht mit jener Qual, welche hager macht und unstet, sondern mit jener still nagenden, die wie eine alte Kugel in der Wunde zuweilen drückt, bis an das Lebensende.

»Das ist der Tag, da ich dich gewinnen wollte und dich verlor, und so sahst du aus. Hätten unsere Wege sich noch einmal gekreuzt - vielleicht, es stünde doch anders um uns.«

Er versank in stummes Brüten, indem er spielend die Daumen übereinander drehte. Der Wein leuchtete unberührt mit geheimnisvollem Feuer. Der Kerzenschein überschimmerte das Mädchenantlitz, dass es in erheucheltem Leben spielte. Es war so still im Zimmer; und der Kopf des alten Herrn sank tiefer auf die Brust.

»Die Liebe hört nimmer auf.«

Im Ofen schnurrte es auf und ab, der Ostwind. »Dummes Zeug, dummes Zeug ...« Es war ihm nicht recht behaglich in dieser Weihnachtsstube.

* * *

Wieder ein sauberes, helles Stübchen, etwas hoch gelegen. Helle Möbel, weiße Gardinen, weiße Deckchen - weiß, weiß, und hübsch gestärkt mit einem gewissen Schimmer von Waschblau. Etwas ärmlich das Ganze. Auf dem Tisch ein mageres Bäumchen mit einem halben Dutzend Lichtern. Auf den nackten, mit weißem Sand bestreuten Dielen zwei Teller voll Milchmus.

Ein Anblick zum Kopfschütteln. Aber die ältliche Person, welche das Arrangement musterte, lächelte so zufrieden, sogar zärtlich. Sie trug einen langen dunklen Wollrock und um den Hals ein Knüpftuch; das Scheitelhaar rahmte die Ohren mit zwei Zöpfchen ein, das übrige Haar war in einen dünnen Kranz aufgesteckt. Es lag etwas unbeschreiblich Altmodisches und Altjüngerfliches über der hageren Person, in der Atmosphäre des ganzen Raumes.

Die Bewohnerin ging mit so leisen Schritten, als es der knirschende Sand zuließ, auf die Stubentür zu und blieb da ein paar Augenblicke in lauschender Stellung. Den Mund, über dessen Oberlippe sich ein Schatten hinzog, spitzte ein Lächeln. Es war die Antwort auf ein leises Miauen, das draußen hart hinter der Tür erscholl, wie mit einer kläglichen vorwurfsvollen Frage.

»Hübsch warten, Miezchen, hübsch abwarten, Hinzchen, die Kinderchen müssen Geduld haben und warten lernen. Alles nach der Ordnung. Erst singen wir etwas, und dann wird geklingelt.«

Und sie trat zurück und begann, in der Stube auf und ab gehend, mit dünner Stimme ein Weihnachtslied zu singen:

»Vom Himmel hoch, da komm ich her,
und bring euch gute neue Mär ...«

Sie konnte es auswendig und sang es bis zu Ende. Dann ergriff sie eine Schelle und klingelte, und nun erst ging sie die Tür öffnen.

Zwei Katzen schmiegten sich durch die Tür, beide weiß, mit rot und grauem Rücken und Schwanz.

»Ei, ei, was hat denn der Weihnachtsmann gebracht für die Kinderchen? Das ist doch was, um sich den Bart zu lecken. Nun, ganz überrascht seid ihr, nicht wahr? Ganz schüchtern sind die Kinderchen, wahrhaftig; es ist auch so schöner Zucker dran, und reiner Rahm, nicht die abscheuliche blaue Milch ... ei, ei, ei ...«

Der Ostwind pfiff zu der noch immer halb offenen Tür herein, dass die Katzenjungfer rasch zuschlug. Er flog an ihrem welken Gesicht vorbei, kreiste um die Stube und kam wieder und wieder zu einem Bild an der Wand zurück. Waren das dieselben Züge, die er in der Stube des alten Herrn auf dem Ölbild gesehen hatte, oder täuschte er sich? Hui! Das war sie, streichelte zwei prall ausgefütterte Katzen ... und dort saß er mit den feuchten Augen und dem rührenden alten Herzen - die Liebe hört nimmer auf ... hui!

Der Ostwind kann überall hin. Er wunderte sich, nicht vorher daran gedacht zu haben, dass er dies Gesicht treffen müsse. Eine närrische Welt!

* * *

In Kamine blies er am liebsten. Da gehörte das Flammenspiel mit zur Stube, und man konnte bequem etwas sehen.

Und das war eine Weihnachtsstube! Ein Saal, hoch wie eine Kapelle; auf dem Tisch ein Baum, fast so hoch wie ein Bootsmast. Jeder Ast hätte noch einen netten kleinen Christbaum abgegeben. Die Lichter darin große Tafelkerzen; handgroße flimmernde Papiersterne, Schmetterlinge, Konfektsachen. Und welche Kostbarkeiten darunter aufgebaut! Ein Kunstkabinett voll Schönheit, ein funkelnder Reichtum an Arbeit und Material. Getriebene Schalen, venezianisches Kunstglas, eingelegte, beschlagene Holzarbeit, Prachtbücher, Decken von Seidenplüsch und Brokat. Auf einem der in Altgold bezogenen Rokokosessel ein Ballkleid, ein Hauch von Schönheit. Wenn die Kerzen brannten und der Weihnachtstisch sich dann in den hohen Deckenspiegeln verzehnfachte, musste das eine Orgie von Farben und Glanzlichtern geben.

Jetzt war es noch still im Saal: Eine weiße Katze mit wohlgepflegtem seidenen Pelz lag faul auf einer Felldecke, aber sie rührte sich nicht. Nur aus dem Nebenzimmer, dessen Tür bloß angelehnt sein musste, hörte man lebhaftes Reden.

»Ich bestehe darauf, dass du hingehst, Georg! Mein Gott, nun habe ich mich gequält mit der abscheulichen Stickerei und der Mensch hat mir ganz bestimmt versprochen, ich soll das Ding heute haben - und ich setze keinen Schritt eher in den Saal, das sage ich dir, ehe ich es nicht hier sehe. Es ist zu hässlich von dir, dass du mir's verweigerst; das wirst du davon haben, dass du mir den ganzen Abend verdirbst.«

»Aber ei doch vernünftig, liebes Kind ...«

»Ich will aber nicht vernünftig sein, aber vielmehr ich bin es; wenn einer von uns unvernünftig ist, so bist du es. Ein anderer Mann, der seine Frau liebt, wie du es mir immer versicherst, wäre längst gesprungen. Aber das vermisse ich eben an dir, dieses Achten auf meine Wünsche! Ich habe mir die Augen für dich verdorben ...«

»Du hast noch so süße Augen ...«

»Was ist das ... um Gottes willen sieh nach, Georg ...«

Die Türspalte hatte sich erweitert, und Fips war im Saal erschienen. Fips war ein brauner Wachtelhund, ein sehr streitbarer kleiner Herr, und Mimi, die Katze, zu Misstrauen geneigt. Sie hob sich, zeigte die Zähne und fauchte. Der Wachtelhund stellte sich in Schlachtordnung und bellte. Der Kampf schien unvermeidlich. Allein Mimi war die Schwächere, und sie wusste das; sie floh. Eine wilde Jagd begann. Ein paar Sekunden später saß die Katze in den Zweigen des Christbaums, welcher zitterte und schwankte, und blickte mit giftigen Augen auf den Feind, der auf dem Ballkleid Stellung genommen hatte. Ein Weinglas lag auf dem Tisch in Scherben, eine Karaffe war umgefallen und blutroter Burgunder strömte auf das zarte schillernde Märchen von einem Ballkleid.

Der Ostwind konnte alles sehen, er trieb die Flammen höher auf, und sie beleuchteten das feindliche Paar. Der Hund lärmte und tobte.

Ein junges Ehepaar stand davor, aristokratische Figuren und Gesichter, noch sehr jung.

»Bestie«, sagte der junge Mann zähneknirschend, griff in das Fell des Hundes, trug den Heulenden zur offenen Tür hinaus und warf ihn in das Nebenzimmer. Die Katze sprang hinab und kroch in eine Ecke. Die junge Frau lag lachend und weinend vor dem Ballkleid auf den Knien.

»Georg, das ist süß, das ist bezaubernd! Und nun ist es hin. Jetzt will ich dir gestehen, das ich mir zu übermorgen auch ein neues Ballkleid habe machen lassen. Siehst du, wie gut es war; das hier kann ich doch nicht anziehen. Nicht wahr, nun sagst du nichts, wenn die Rechnung kommt? Und so eins bekomme ich auch noch, du hast einen unbeschreiblichen Geschmack. Meinethalben bleib nun hier, die Stickerei wird dir auch später noch Freude machen. Klingle dem Johann, er soll den Baum anzünden.

Der junge Mann schritt zu dem Klingelzug. Sein Gesicht war finster.

»Puh!«, macht der Ostwind.

* * *

Er flog wieder über das offene Land. Ein Dorf lag hinter ihm, vor ihm die verschneite, von Wagenspuren zerrissene Landstraße, weiterhin winterlicher Wald. Eine eisige Nacht, die zum Morgen neigte und die im Licht des scheidenden Mondes dämmerte.

Die Straße vom Dorf her war belebt, vermummte Gestalten wateten durch den Schnee, Männer, Weiber, Kinder. Glockengeläute schwang sich mit dröhnendem Klang durch die Winterluft - da lag das Kirchlein, seitlich der Straße auf einer Erhöhung, das Dach voll bläulich silbernem Schneeglanz, die Fenster hell erleuchtet. Man läutete zur Frühmette.

Der Reisende, welcher noch halb verschlafen in der verschlossenen Kutsche den Weg herauffuhr, vernahm das vom Kutscher. Er wusste nicht, was eine Frühmette war, er war nie in einer solchen gewesen.

»Hübsch ist es drin, Herr, die ganze Kirche wie ein Weihnachtsbaum.«

»Anhalten, ich will eine Frühmette sehen! Ich komme gleich wieder.«

Der Wagen hielt im Angesicht der Kirche mitten auf der Landstraße, und der Mann im Wagen nahm seinen Pelz fest um sich und kletterte heraus. Die Glocken läuteten nicht mehr, aber man hörte die Orgel spielen, als er die glatten Stufen aufwärts stieg.

Die kleine Dorfkirche mit den weißgetünchten Wänden sah wie verklärt aus. Rechts und links vom Altar zwei mächtige Tannen, wie mit leuchtenden Sternen besät, die Emporen mit Tannenzweigen verkleidet. Die Sitze waren fast gefüllt, zwischen den ernsten Männern und Frauen bewegliches Kindervolk, brennende Lichter davor, während die Kinder Wachsstümpfchen hielten, einander ausbliesen und wieder anzündeten.

Ein bezauberndes Bild, voll Unruhe, aber voll freudiger, festlicher Unruhe.

Der Fremde fand einen Platz, und die neugierigen Gesichter beruhigten sich über seine Anwesenheit. Er war ein junger reisender Kaufmann, mit vollen gesunden Backen, krausem Haar und einem Schnurrbärtchen. Seine Augen blinzelten ein wenig verschlafen - er hatte am Abend geholfen eine Weihnachtsbowle im Wirtshaus zu trinken und sie war nicht klein gewesen. Eine seelenvergnügte Gesellschaft war da beisammen gewesen, und sie hatten Schnurren erzählt und er hatte eigentlich den Vogel abgeschossen. Er war überhaupt immer so vergnügt wie ein Sperling, Tag für Tag. Er hatte keine Sorgen, kannte die besten Wirtshäuser und ließ sich nichts abgehen. Er war ein so guter Mensch, wie irgend einer, und es war ihm klar, dass man dazu nicht gerade Kirchen zu besuchen nötig hatte. Er bildete sich ordentlich etwas darauf ein, dass er hier am kalten Wintermorgen in einer solchen saß. Dann wieder, wenn er die Augen ein wenig schloss, hatte er ein Gefühl, als säße er in einem Theater.

»Vom Himmel hoch, da komm´ ich her ...«

scholl es um ihn, und es dämmerte ihm auf, als könne er das Lied auch noch singen. Er setzte mit einer gar nicht üblen Stimme ein, und je länger er sang, je schwungvoller sang er. Es war ihm, als brächte er erst das rechte Leben in den Gesang und als dürfe er nicht aufhören, um nicht Aufmerksamkeit zu erregen.

Der Prediger sang die Liturgie, die ganze Gemeinde antwortete, ein brausender Chor. Jener war ein weißhaariges, schlichtes Männlein mit zitternder Stimme, aber das klang eigentümlich ergreifend, wenn er sie hören ließ. Ein wundersamer Geist zog durch diesen Raum, Tannen- und Wachsduft und feierliche Töne und dabei noch etwas Unbeschreibliches. Die müden Augen des jungen Mannes klärten sich und leuchteten und er sank ein wenig zurück. Ein paar Saiten in seiner Brust klangen, wie vielleicht einmal in ferner Zeit, schmerzlich-angenehm. Er träumte, während alles sang, Weihnachtsfeste der Kindheit, und wachte erst auf, als man schwieg.

Der Prediger stand auf der Kanzel.

»Christ ist geboren, freuet euch! Das Licht ist in die Welt gekommen, und abermals sage ich: Freuet euch! Der Gläubige freue sich, und wer da nicht glaubt, der bete: Vater gib mir meine Jugend wieder ...«

Der junge Reisende erhob sich leise. Er saß ganz hinten und konnte ohne viel Aufhebens hinausgehen zu dem harrenden Wagen.

»Nun, war's nicht hübsch, Herr?«

»Sehr hübsch. Jetzt kann's weitergehen.«

Er legte sich bequem in die Kissen und schloss die Augen. Die Weihnachtskirche verdämmerte vor ihm wie ein Traum, und in dem Traum klang es langgedehnt: »Vater, gib mir meine Jugend wieder! Es klang wie von einer pfeifenden Stimme. Aber es war die Stimme des Ostwindes, der um den Wagen pfiff.

* * *

Über acht Tage waren vergangen. In dem alten Gasthaus mit dem schnörkeligen Giebel loderte wieder das Kaminfeuer in dem Saal, während der gelehrte junge Graf nebenan schrieb. Die schwarze Katze saß zusammengekauert auf einem Polsterschemel und blinzelte in die Flamme. Neben ihr lagen die dürren Reste eines Christbaums, ein paar Reste knisterten im Kamin.

Plötzlich blies es kräftig von oben herein - der Ostwind.

»Da bin ich wieder einmal. Ich war gerade im Zug und bin ein wenig um die Erde gefahren. Die Nacht, wenn uns niemand mehr stört, will ich dir Weihnachtsgeschichten erzählen. Aber der Tausend, hier geht's einem alten Christbaum zu Leibe?«

»Einer von denen aus der Leutestube. Du erinnerst dich? Unser Graf will sie alle für sich verbrennen, er meint, der Harzgeruch wäre ihm angenehm. Einen haben wir schon verbrannt.« Das Christbaumholz ächzte und knackte.

»Ja, das hilft nichts, Schätzchen«, sagte der Ostwind. »Es gibt Genüsse, die man mit dem Leben bezahlt. Du hast wenigstens das Höchste genossen, was einer Tanne werden kann. Solch ein Weihnachten ist unbeschreiblich schön, aber es dauert auch nur eine Nacht, dann ist es vorbei. Nur die Liebe hört nimmer auf, wie ein alter Herr sagte - das ist eine schnurrige Geschichte, eine, die du nachher hören sollst, Freundchen.«

Das Kind mit dem Kätzchen.

Es ist Heiligabend, obwohl kein Schnee auf den Straßen liegt und die Luft eher herbstlich als winterlich weht. Die Dämmerung ist hereingebrochen, was an diesem Tag etwas zu bedeuten hat: »Mutter, es wird schon dunkel. Geht's noch nicht bald an?«

»Mann, bist du noch nicht fertig? Es wird wieder so unausstehlich spät, wie voriges Jahr.«

»So gehen Sie her, Fräulein. Das Ding ist zu teuer, aber es dämmert schon, und ich habe keine Zeit mehr, um mit Ihnen zu feilschen.«

»Noch eine Schnarre, lieber Herr? Es ist bald Nacht, und ich habe erst eine einzige verkauft. Bitte schön, lieber Herr!«

So redet das in der Dämmerung.

Auf der Straße hier blüht noch der Weihnachtsmarkt: Erleuchtete Buden, Harmonikablasen, Pfeifen, Trommeln, Drängen und Treiben und Summen. Wie auf dem Pflaster da die wechselnden Lichter und Schatten durcheinanderlaufen! Und die Menschen sind auf der einen Seite goldbestrahlt, auf der anderen ganz schwarz.

Gedämpftes Budenlicht fällt in einen Thronwinkel, da steht ein Kind, ein Kätzchen zwischen den Füßen. Es gibt Kinder, welche aussehen wie von irgendwoher auf die Erde geschneit, und dieses Kind ist ein solches.

Es steht auch plötzlich so da, niemand hat es kommen sehen. Es blickt in die Budenherrlichkeit hinüber, und sein Gesicht spiegelt dunkel empfundenen Kummer und hoffnungslose Wünsche. Wäre es ein Bild, man würde darunter schreiben: Vergessen!

Das Kätzchen zwischen den nackten Füßen sagt von Zeit zu Zeit: »Wir auch! Wir auch!«, ganz deutlich.

Zwei Damen halten vor der Gruppe an, in Pelz und Schleier.

»Das arme Würmchen! Ohne Zweifel friert es, aber es ist so neugierig, dass es aushält. Freilich haben diese armen Geschöpfe nicht viel vom Fest außer dem Anblick des Weihnachtsmarktes.«

»Ei, es ist gut, dass sie sich von Jugend auf an Entbehrungen gewöhnen. Übrigens haben wir zwei Bescherungsvereine für arme Kinder. Gehen wir also!«

Und sie gehen.

»Solch ein Fest kostet mich wenigstens zweihundert Taler«, sagt ein Mann zu der Dame neben ihm.

»O, sehen Sie dies Kind hier! Welch eine auffallende Erscheinung!«, ruft die Dame.

»Bitte, bitte, wir haben keine Minute Zeit.«

Das Kätzchen rührt sich, als sie ein paar Schritt fortgegangen sind. »Wir auch! Wir auch!«, sie hören es gar nicht mehr. Aber zwei junge Männer haben es gehört, und einer davon wendet das Gesicht herüber.

»Da steht solch ein Ding, das seine Mutter zum Betteln hergestellt hat. Heute muss man ein Übriges tun. Ah ... na, dann heb dir ihn selber auf.«

Das Kind hat den Groschen nicht genommen, dort liegt er auf der Erde, wo er hingefallen. Die jungen Männer entfernen sich.

»Ich habe meine Grundsätze«, sagte der zweite, und man versteht jedes Wort in dem dämmrigen Torwinkel. »Ich gebe grundsätzlich nur an Leute, deren Verhältnisse ich kenne. Diese Bettler leben mitunter zu Hause sehr gut.«

»Wir auch! Wir auch!«, ruft kläglich das Kätzchen.

»Papa, bringt dem da das Christkind nichts?« Ein kleines Mädchen zeigt auf die Gruppe.

»Vielleicht nicht. Arme Kinder sind meist unartig und nicht fleißig. Überhaupt trägt es in die schönen

Wohnungen immer das Meiste und Schönste, das ist ganz natürlich.«

»Soll ich dem Kind etwas geben?«

»Oho, das müssen wir doch dem Christkind überlassen.«

Das Kind mit dem Kätzchen lässt dem kleinen Mädchen und dessen Vater verstohlene Blicke nachgehen, und es zuckt ihm um die tiefen Winkel des Kirschenmündchens. Indem hört es, wie einer im Vorübereilen murmelt: »Ach was! Man hat selber fünf Kinder.«

Ein etwas dünn angezogener Mann, der ein paar kleine Päckchen mit langem Arm in die Seite presst. Da rennt er nun hin!

In den Buden wird jetzt eingepackt. Die Glocken läuten, der Lichter werden immer weniger. Dafür sieht man in ein paar Fenstern brennende Christbäume.

Das Kind steht noch immer auf der nämlichen Stelle. Jetzt kommt ein Junge die Straße her, derselbe, der Schnarren zu verkaufen hatte. Er hält noch eine Schnarre zwischen den Zähnen und zählt eifrig Geld aus der Tasche in die Hand.

»Mir auch! Mir auch!«

Der Junge fährt auf und sieht das Paar in dem Torwinkel.

»Gott bewahre«, spricht er mitleidig durch die Zähne, welche die Schnarre halten. »Dahast du den Waldteufel, es ist der letzte. Dreh mal - so, Kleiner! Auf den Waldteufel soll es mir nicht ankommen; aber das Geld brauchen wir selber zu nötig.«

Das Kind lächelt ein wenig und lässt schüchtern den Waldteufel schnarren, und der Junge nickt ihm gutherzig zu, dann geht er weiter und fährt fort zu zählen.

Er sieht nicht, wie da Kind hinter ihm drein kommt mit den nackten Beinchen. Nun steht er in einer Stube, das ist ein Loch mit einem Ofen, einem Tisch, einer Bank, einer Bettstelle, einem Strohhund und mit einem Häufchen Lumpen, welches dasselbe bedeutet, wie bei anderen Leuten der Kleiderschrank. Im Bett liegt eine kranke Frau.

»Alles verkauft, bis auf einen, Mutter«, sagte der Junge. und plötzlich: »Gott, das brennt ja wohl nebenan?«

Durch die Ritzen in der Tür fällt Lichtschein. Der Knabe springt hin und öffnet.

Da steht das Kind mit dem Kätzchen im Flur, in der Hand die Schnarre. Es steht da in einem zitternden und geheimnisvollen Lichtglanz, der gleichsam die Haut und die Lumpen an ihm durchtränkt. Die tiefen Augen sind voll Liebe, und der kleine Mund lächelt.

»Selig sind die Barmherzigen«, sagt es.

Der Glanz dunkelt wieder - es ist verschwunden.

Der einsame Vogel.

Über der höchsten Felsspitze der Gegend flog ein einsamer Vogel, viel höher noch. Er schlug nicht mit den Flügeln, hatte sie nur weit ausgebreitet und zog langsam Kreise in der Luft. Ein gewaltiger Vogel war es.

»Ich und die Welt!«, sagte er.

Nach einer Weile bekam er Lust, sich nach seiner Frau seinen Kindern umzusehen. Er flog ein Stück fort und schwebte langsam nieder.

Das Nest an der steilen Felswand war leer, Blutspuren und Büschel von Federn drin.

Da saß er auf der Steinkante und starrte mit den düsteren, gewaltigen Augen auf den Fleck und holte mächtig Atem. Danach drehte er sich um und blickte in die Tiefe. Regungslos saß er.

Nun breitete er wieder die Flügel aus, hob sich in die Luft, immer höher, und zog wieder seine Kreise über der Felsspitze.

»Ich und die Welt!«, sagte er.

Einige Zeit später verspürte er Hunger. Er stellte die Augen ein und sah tief unten auf einer Halde Ziegen weiden. Da nahm er die Flügel an den Leib, stieß nieder und fasste ein Zicklein, mit dem schwang er sich auf. Plötzlich krachte ein Schuss, ein Feuerstrom fuhr auf, und der Tod bohrte ihm in die Brust.

Er lag unten mit brechendem Blick, und ein Jägersmann kam auf ihn zu. Mit den verschleierten Augen versuchte er zu drohen und schlug zuckend mit den Fängen nach dem Mann. »Ich und die Welt!«, sagte er trotzig und starb ...

Es war ein Adler.